여름의 한가운데

주얼

eastend

| 차례 |

여름의 한가운데   5

멋진 하루   45

파주 가는 길   75

수면 아래에서   105

월간 윤종신   157

작가의 말   227

여름의 한가운데

    골목길 저 끝에서부터 살며시 불어온 미지근하고 습한 바람이 나의 발걸음을 멈추게 했다. 바람엔 은은한 향의 냄새가 실려 있었다. 그것은 마치 여름의 향기처럼 느껴졌다. 그 끝은 과연 어디쯤인지, 지나고 나면 우리는 과연 무엇이 되어있을지 알 수 없는 이 여름의 한가운데에서 어떻게든 우리가 무사히 통과하고 있음을 알려주는 향기.

여름의 한가운데

　주연은 자리에 앉자마자 연신 한 손으로 부채질했다. 다른 한 손으로는 테이블 위의 냅킨을 뽑아 이마와 목덜미를 살짝살짝 두드리며 땀을 훔쳐냈다. 약속 시각에 늦으면 내가 또 잔소리라도 할까 봐 이런 날씨에도 허겁지겁 걸어온 모양이었다. 오늘 우리는 2시에나 만남이 가능했는데, 점심을 먹기로 한 삼청동의 오래된 식당은 오후 3시까지만 영업을 하는 곳이라 여유 있게 식사하려면 절대 늦지 말라고 서로 신신당부했었다. 주연은 약속 시각보다 3분 늦었다. 예전부터 주연이 약속했던 시간에 맞춰 온 적이 단 한 번도 없었기에 나는 솔직히 더 늦을 거라 예상했다. 3분 정도면 상당히 양호한 편이었다.

"날씨 정말 왜 이래. 비라도 확 쏟아지던가. 구름만 잔뜩 껴서. 너무 끈적거리잖아. 정말 싫어."

땀은 다 닦았는지 핸드백에서 꺼낸 콤팩트를 열어 퍼프로 이마와 볼을 연신 토닥이며 주연은 투덜거렸다. 나는 내 뒤편에서 에어컨 바람이 불어와 시원하니 원하면 자리를 서로 바꾸자 했고, 그녀는 에어컨 바람을 직접 맞는 건 싫다며 괜찮다고 했다. 우리의 대화를 들었는지 나이가 지긋하신 사장님은 겉모습은 거의 이 식당의 역사와 함께했을 것처럼 보이는 구형 선풍기를 멀리서 우리를 향해 틀어 주었다. 일정한 간격으로 작게 딱딱거리는 소리를 내는 선풍기로부터 미지근한 바람이 희미하게 전해졌다. 콤팩트를 접어 다시 핸드백에 넣은 주연은 감사의 인사로 사장님을 향해 미소 지으며 살짝 고개를 끄덕였다.

이제야 제대로 보게 된 주연의 얼굴은 작년 초에 봤을 때와는 미묘하게 달라진 것처럼 보였다. 1년 남짓 시간이 흐른 사이 얼굴에 살도 오른 듯했고, 날씨 때문인지 조금 상기된 듯 보이는 게 혈색도 좋아 보였다. 그래서 그런지 확실히 지난번보다 건강해 보였다. 당시 주연은 아버지의 장례를 치른 뒤 얼마 안 지났기 때문에 내가 괜히 그렇게 본 건지도 모르지만 분명 지치고 피곤해 보였다. 그땐 분명 얼굴에 그늘 같은 게 드리워져 있다고 생각했다.

"얼굴이 조금 달라진 것 같다?"

"이제 나이 들어서 늙은 거지 뭐."

주연은 나의 두루뭉술한 질문의 의도에 전혀 맞지 않는 대답을 대수롭지 않게 했다. 나는 그냥 어중간한 웃음으로 대답을 대신했다.

"여기 한 번에 잘 찾아왔어? 너무 골목 안쪽에 있어서 헷갈려."

"지도 보면서 오니까 어렵지 않던데?"

"너 지도 잘 보는구나? 부럽다. 난 봐도 어디가 어딘지 모르겠더라. 지도 보는 거 너무 어려워."

난 뭔가 대꾸하려다 괜한 얘기다 싶어 주문이나 하자고 했다. 주연은 전에 아는 언니랑 한 번 와봤는데 청국장이 진짜 끝내줬다고, 내가 괜찮으면 청국장을 먹자고 했다.

"그거 먹으러 일부러 여기까지 왔는데 당연히 먹어봐야지."

청국장 세 글자가 붉은 글씨로 커다랗게 적혀 있는 낡은 메뉴판을 힐끔 보며 나는 밥만 먹는 건 아쉬우니 해물파전에 막걸리도 한잔하자고 재빠르게 덧붙였다.

"사장님, 여기 청국장 2인분하고 해물파전, 그리고 막걸리 한 병 주세요. 막걸리는 섞이지 않고 맑은 거 있죠?

그걸로 주세요."

옆 테이블을 치우던 사장님께 주연은 상냥한 목소리로 음식과 술을 주문했다. 그냥 아무거나 마시면 되지 뭘 까다롭게 그러냐고 하니, 주연은 얼마 전에 흔들지 않은 맑은 막걸리를 처음 마셔봤는데 너무 깔끔하고 맛있었다며 이후로는 그렇게만 마신다고 했다. 맑은 막걸리를 마셨던 경험을 말하는 주연의 표정과 목소리가 과장돼 보일 정도로 진지해 그때의 놀라움과 희열이 나에게도 전달되는 듯했다.

"근데 메뉴를 청국장으로 고를 줄은 몰랐어. 우리가 여태까지 이렇게 토속적인 음식을 같이 먹은 적이 있었나?"

나는 냅킨을 뽑아 테이블에 깔고 그 위에 수저를 놓으며 물었다. 주연은 입안에 작게 한 모금 머금고 있던 물을 천천히 삼킨 뒤 내가 반대로 놓은 수저의 위치를 다시 바르게 바꾸며 말했다.

"몰라, 요샌 한식이 심하게 땡겨. 한동안 먹기 어렵다고 생각하니 더 그런가."

3년 전 박사학위를 취득한 주연은 곧바로 박사후과정에 선정돼 영국으로 떠났다. 그런데 1년이 채 못돼 돌연 귀국했다. 그리고 몇 달 뒤 아버님이 암으로 돌아가셨기에 나는 아버지의 임종을 지키기 위해 그녀가 그렇게 급하게 귀국했다고 생각했다. 물어보지도 않았고 본인도 직접 이유를 말해주지 않았기에 그저 그럴 거라 짐작만 할 뿐이었다. 한국으로 돌아온 뒤 몇몇 대학의 시간강사로 지내던 주연은 이번에 비록 계약직이긴 했지만, 대만의 한 대학에서 2년간 교수 자리를 맡게 되었다며 떠나기 전에 밥이나 한번 먹자고 나에게 연락했다.

"넌 참 외국에 잘도 나간다. 이번엔 대만이라니. 대만 좋다던데."

"좋긴 뭐가 좋아. 대만은 여기보다 훨씬 더울 텐데. 더운 거 정말 싫어."

주연은 부사 '훨씬'과 '정말'을 길게 늘어지게 말하며 과장된 악센트로 강조했다. 테이블에 밑반찬이 깔리고 막걸리와 함께 해물파전이 먼저 나왔다. 투명한 녹색 병 안에서 맑은 부분과 탁한 부분이 선명하게 분리된 막걸리였다. 주연은 반색하며 얼른 뚜껑을 열어 자신의 잔에 맑은 부분을 따랐다.

"난 이거 딱 한 잔만 할 거야."

자신의 잔을 채운 주연은 너도 맑은 부분으로 마실 거냐고 묻는 듯 나를 향해 병을 들어 보였다. 나는 고개를 저으며 병을 건네받아 뚜껑을 닫고 살살 돌려서 잘 섞은 뒤 잔에 따랐다.

"그거 한 잔으로는 턱없을 것 같은데."

"안 돼. 나 이따 학교 가서 교수님 잠깐 봬야 한단 말이야. 아쉽지만 오늘은 이 정도만."

한 잔만 마신다는 그녀의 말에 괜히 아쉬웠지만 어쩔 수 없었다. 우리는 잔을 들어 조심스럽게 건배하고 막걸리를 한 모금 마셨다. 달짝지근하면서 톡 쏘는 막걸리의 맛이 혀를 산뜻하게 자극했다. 나는 젓가락으로 해물파전을 적당한 크기로 한 점 떼어내며 그렇게 더운 게 싫으면서 왜 가냐고 물었다. 주연도 해물파전을 자신의 접시에 덜고 양손에 한 짝씩 쥔 젓가락으로 천천히 작게 나누면서 마치 자신과 상관없는 얘기를 하는 듯한 표정과 말투로 말했다.

"음, 다녀오면 좀 낫지 않을까 싶어서? 이제 적은 나이도 아닌데 기회 있을 때 뭐라도 해야 하지 않을까 싶기도 하고. 아무래도 한국에서 시간강사만 하는 것보다야 도움이 될 거 같거든."

자신의 가치를 높이기 위해 아무런 연고도 없는 해외에 나가 일을 한다는 건 나로서는 도저히 짐작도 할 수 없는 경험이었다. 그러고 보면 주연은 예전부터 항상 주변 사람들이 예상 못했던 방향으로 나아가곤 했다. 학교에 다니던 중 말도 없이 휴학해서 소식이 끊기더니 교환학생으로 미국에 가 있었고, 졸업 후에는 전공과 전혀 상관없는 분야로 대학원에 진학해 결국 박사학위까지 받았다. 영국으로 훌쩍 떠나더니 이번엔 일자리를 구했다며 대만까지 가는 그녀였다.

그녀가 나아가는 방향이 옳은지 그른지 알 수는 없었지만, 분명한 건 주연은 머물러 있기보다 어느 방향으로든 항상 부지런히 움직인다는 것이었다. 그것만으로도 대단했고 나는 분명 그런 주연을 부러워했다. 지금 뭘 하고 있는지, 어디로 나아가야 하는지도 모르고 있는 나 자신은 주연에 비하면 변변치 못하게 느껴지기도 했다.

"그나저나, 집필활동은 잘하고 계시나? 김 작가님?"

주연이 장난스러운 표정을 지으며 내게 물었다.

"작가는 내가 무슨 작가야."

난 당치않다는 듯 서둘러 부정하고 막걸리를 한 모금 더 마셨다. 양은대접 속 막걸리는 어느새 절반 이상 줄어들었다.

"소설 쓰고 책까지 냈으면 작가지, 왜 아닌 척해."

나는 아무 말 하지 않았다. 다른 사람들 앞에서 소설을 쓴다고 얘기하는 건 아직도 익숙해지지 않고 부끄럽기만 했다. 주연은 나를 바라보며 그저 싱긋 웃기만 했다.

잠시 후 나온 청국장은 주연의 말대로 맛이 훌륭했다.

적당히 쿰쿰한 냄새에 구수한 맛이 일품이어서 일부러 시간 내 올만 한 가치가 충분했다. 내 반응에 주연은 의기양양한 표정을 지었다.

"그것 봐, 내가 맛있다고 했잖아."

우리는 해물파전과 밑반찬, 그리고 청국장을 안주 삼아 천천히 막걸리를 마시며 둘이 만나면 언제나 그랬듯 어느새 동아리 시절의 얘기를 시작했다. 이제는 1년에 얼굴 한 번 보기 쉽지 않은 동기들과 선후배들의 소식을 각자 알고 있는 선에서 공유했다. 그리고 만날 때마다 반복해도 질리지 않는, 셀 수 없을 정도의 에피소드를 만들었던 수많은 행사와 술자리의 추억도 얘기했다. 우리에게 동아리 얘기는 마치 마르지 않는 샘물처럼 항상 신선했고, 황금알을 낳는 거위와 같이 끊임없는 즐거움을 주었다.

"그때가 참 재밌었어."

"그러게. 어떻게 그렇게 순수하게 재밌을 수 있었는지 신기할 정도야."

내가 혼잣말처럼 한 말에 주연도 작은 목소리로 답했다. 나는 고개를 돌려 작은 창을 통해 보이는 바깥 풍경을 바라보았다. 창 크기만큼 펼쳐진 풍경의 아래쪽 절반엔 건너편 건물의 기와지붕이 보였고, 옅은 회색빛 구름으로 덮인 하늘이 나머지 절반의 크기만큼 보였다. 저 구름 뒤에

숨어 있을 파란 하늘을 보고 싶다는 생각이 이유도 없이 문득 들었다. 나는 계속해서 창밖으로 시선을 고정한 채 말했다.

"그거 알아? 그렇게 신나고 재밌게 보냈던 시간이 벌써 20년 전이라는 거."

"말도 안 돼!"

고개를 돌리니 주연이 놀란 듯 동그랗게 뜬 눈으로 나를 바라보았다. 그러고는 내게 확인하듯 물었다.

"어떡해. 우리 정말 늙었다. 그치?"

그 물음에 난 별다른 대답을 하지 않았다. 긍정도, 그렇다고 부정도 하고 싶지 않았다. 대신 다른 말을 했다.

"뉴밀레니엄, 새천년……, 그땐 참 요란했었는데 말이야. 뭔가 대단한 일이 벌어지는 것처럼. 기억나? Y2K라는 말?"

말하고 나니 나도 모르게 갑자기 웃음이 터져 나왔다. 주연도 재미있다는 듯 따라 웃었다. 이제 아무런 의미도 갖지 못하는 빛바랜 그 단어들이 너무 촌스럽다고 느껴졌다.

"그러고 보니 우린 21세기의 시작과 함께 만났네."

"그리고 지금도 여전히 함께 21세기를 살아가는 중이고."

주연의 말을 끝으로 우리는 잠시 말이 없었다. 오래된 선풍기가 만들어 내는 딱딱거리는 소리만이 멀리서부터 날아와 우리 사이의 정적을 무디게 파고들었다가 곧 사라졌다. 나는 젓가락을 내려놓고 냅킨으로 입을 닦은 뒤 그 정적을 밀어냈다.

"내가 재밌는 이야기 하나 해줄까?"

나는 주연에게 얼마 전 회사에서 겪은 에피소드를 말해줬다. 회사에 여름방학 동안 일하게 된 대학생 인턴이 한 명 왔는데 그녀는 편 씨였다. 대표님은 그녀를 직원들에게 소개하면서 자신이 아는 편 씨는 그녀가 편승엽 외에 두 번째라는 농담을 했다. 그러자 일부 직원들이 수군거리기 시작했다. 도대체 편승엽이 누구냐는 거였다. 수군거리는 직원들은 모두 90년대 출생이었다. 99년생이었던 인턴도 처음 듣는 이름이라는 듯한 표정으로 어색하게 웃고 있을 뿐이었다. 대표님은 그런 직원들을 향해 정말 편승엽을 모르냐며 진심으로 놀라워했다. 나도 솔직히 놀라긴 했지만, 왠지 티를 내고 싶지 않아 그냥 조용히 잠자코 있었다.

"모르더라고, 편승엽을. 요즘 애들은."

주연은 그게 뭐냐는 듯 싱겁게 웃으며 손에 쥔 젓가락 끝을 나를 향해 흔들었다.

"그게 바로 우리가 늙었다는 증거야, 이 아저씨야."

주연을 따라 웃으며 나는 조금 힘이 빠진 목소리로 말했다.

"그러게 말이야. 세상이 점점 너무 빠르게 변해. 나도 그렇고. 두려울 정도로."

"변하는 게 두려워?"

"글쎄……, 때때로?"

"그래도, 변하지 않을 순 없지. 스무 살의 우리와 마흔 살의 우리가 같을 수는 없잖아?"

주연은 들고 있던 젓가락을 내려놓고 나를 바라보았다.

"중요한 건 자신이 원하는 방향으로 변하고 있냐는 거겠지."

"넌 원하는 방향으로 변하고 있는 것 같아?"

주연은 이상한 질문이라도 받은 듯한 표정을 짓더니 작게 기지개를 켰다.

"근데 문제는 나도 아직 내가 원하는 방향이 어딘지 모른다는 거야."

멋쩍은 듯 주연은 배시시 웃었고 나도 따라 웃었다. 나는 이제 얼마 남지 않은 막걸리가 든 잔을 그녀를 향해 들며 말했다.

"그건 어쩌면 앞으로도 알 수 없을지 몰라. 우리는 그저 하루하루 21세기를 살아갈 뿐이지."

시간은 어느덧 3시가 되었고, 식당 안에 남아있는 손님은 우리뿐이었다. 사장님은 한쪽 구석의 의자에 앉아 텔레비전을 보고 계셨는데 아마도 이제는 우리가 일어나기를 바라고 있을 것 같았다.
"슬슬 일어나자."
"응, 너 혹시 전통차 마시니?"
주연의 질문에 나는 특별히 싫어하거나 하진 않는다고, 다만 거의 마셔본 경험이 없을 뿐이라고 답했다.
"인사동 쪽에 멋진 정원이 있는 찻집이 있는데, 거기 가볼래?"
"좋아. 이름이 뭐야?"
"경인미술관을 찾아가면 돼."
나는 스마트폰의 지도 앱을 열어 경인미술관을 검색했다. 그곳에 가기 위해선 인사동 중심 거리로 이동하다가 수도약국을 끼고 돌아 골목길로 들어가야 했다. 나는 지도에 표시된 경인미술관의 위치를 눈으로 빠르게 훑어본 뒤 스마트폰을 주머니에 넣었다. 그리고 주연과 함께 자리에서 일어났다.
바깥 공기는 다행히도 아까보다 살짝 선선해진 것 같

앉다. 묵직하고 눅눅하게 가라앉는 느낌은 여전했지만 끈적거림은 덜 했다. 삼청동의 좁은 골목길을 이리저리 돌아 큰길가로 나오니 눈앞으로 하늘이 넓게 펼쳐졌다. 식당의 작은 창으로는 회색 구름만 보였는데 한층 넓게 시야가 트이면서 회색 구름 사이로 파란 하늘이 드문드문 보였다. 더없이 투명하고 맑은 하늘이었다.

인사동길을 천천히 걷다가 왼편에 수도약국이 보이자 나는 주연에게 이쪽이라고 방향을 알려줬다. 내 옆에서 나란히 걷던 주연이 놀랍다는 표정으로 말했다.

"넌 어떻게 그렇게 길을 잘 찾아? 난 지도를 아무리 봐도 헷갈리던데."

밥 먹기 전에도 했던 말을 또 하길래 나는 아까 하려다 말았던 말을 이번엔 주연에게 했다.

"야, 내가 그래도 도시계획 전공해서 그걸로 밥 벌어먹는 사람인데 그래도 지도 정도는 볼 줄 알아야 하지 않겠냐?"

내 말에 주연은 정말로 이제야 떠올렸다는 듯 말했다.

"맞다, 너 도시계획도 전공했었지. 깜빡했어. 네가 워낙 이것저것 다양하게 하니까."

그러고는 뭐가 재밌는지 까르르 웃었다.

"건축설계 전공한다며 학교 다닐 때 온갖 폼 다 잡고

다니더니 갑자기 도시계획 공부한다고 대학원에 가. 졸업 후 연구원에 들어가서 박사과정을 준비하는 것 같더니만, 어느새 거기도 뛰쳐나와 무슨 일을 하는 회사인지 몇 번을 들어도 도통 알 수 없는 곳에 들어갔잖아. 게다가 지금은 회사 다니면서 소설까지 쓰고 있고. 이러니 내가 헷갈리지 않겠어?"

주연은 나를 빤히 바라보더니 미소를 지었다.

"그거 알지? 너도 참 열심히 사는 거."

주연의 미소는 부드러웠고, 따스한 온기를 품고 있었으며, 기분이 편안해지는 미소였다. 마치 너 역시도 나처럼 그렇게 부단히 어떻게든 변하고 있는 거야, 라고 말하는 게 아닐까 싶은 미소였다.

어쩌면 정말 그런지도 몰랐다. 지도는 잘 보지만 정작 내가 가야 할 방향이 어딘지는 모르고, 하지만 머물러 있기보단 이곳저곳으로 어떻게든 부지런히 나아가고, 결국 그렇게 나아가다 닿게 되는 어딘가에서 또다시 새로운 곳을 향해 나아가려 하는 건지도. 나는 어깨를 으쓱했다.

"글쎄, 열심히 사는지는 잘 모르겠는데, 뭐 재밌게 살아보려고 하는 것 같긴 해."

우리는 곧 경인미술관 앞에 도착했다. 주연은 안으로 들어가면 된다며 앞장서 입구로 들어갔다. 뒤따라 들어가려는 순간, 골목길 저 끝에서부터 살며시 불어온 미지근하고 습한 바람이 나의 발걸음을 멈추게 했다. 바람엔 은은한 향의 냄새가 실려 있었다. 그것은 마치 여름의 향기처럼 느껴졌다. 그 끝은 과연 어디쯤인지, 지나고 나면 우리는 과연 무엇이 되어있을지 알 수 없는 이 여름의 한가운데에서 어떻게든 우리가 무사히 통과하고 있음을 알려주는 향기. 나는 천천히 깊게 숨을 들이쉰 뒤 살짝 헝클어진 머리를 뒤로 쓸어 넘기고 다시 발걸음을 옮겨 주연을 따라 안으로 들어갔다.

*

그곳은 넓은 마당과 여러 채의 건물로 이루어진 고택을 미술관과 찻집으로 바꿔 사용하는 곳이었다. 흙이 깔린 마당을 중심으로 한옥과 정자, 그리고 현대식 건물이 배치되었고, 먼 과거부터 그 자리를 지켰을 커다란 아름드리나무들은 마당에 짙푸른 녹음을 드리웠다. 한옥 건물 중 한 채가 찻집이었고, 마당에 테이블과 의자를 놓아 야외에서도 차를 마실 수 있었다. 습하고 무더운 날씨였음에도 이미 많은 사람이 야외 테이블을 이용 중이었다. 우리는 누가 먼저랄 것도 없이 비어있는 테이블에 자리를 잡았다.

주연은 이런 곳에선 역시 바깥에 앉아야 제대로 분위기를 즐길 수 있다며 만족스러워했다. 잠시 후 차를 주문하기 위해 찻집 안으로 들어가 알게 된 사실인데, 에어컨 바람이 시원하게 나오는 실내 공간은 이미 만석이었다.

우리가 앉은 자리에는 나무 그늘이 닿지 않았다. 대신 햇빛을 가릴 수 있는 파라솔이 테이블 옆에 설치되어 있었는데, 오늘은 하늘이 흐려서인지 파라솔은 접힌 상태였다. 비록 구름이 있긴 했지만 이따금 구름 사이로 내리쬐는 햇볕이 뜨거웠기에 우리는 직원에게 파라솔을 펼쳐 달라 부탁했고, 두터워 보이는 베이지색 직물로 만들어진 대형 파라솔이 머리 위로 펼쳐지자 앉은 자리에 부드러운 그늘이 지면서 한결 아늑한 분위기가 되었다.

건너편 건물의 지붕 위로 비죽 솟아있는, 아마도 교회일 것 같은 붉은 벽돌의 고풍스러운 첨탑이 보였다. 도심 한가운데에서 마주친 오래된 한옥과 고딕 양식의 교회 건물이 함께 만들어 내는 풍경은 부자연스러운 듯 자연스러웠고 낯선 듯 익숙해 보였다. 이질적이고 비현실적으로 보이는 그 풍경은 나의 현실 감각을 살며시 무디게 만들었고, 마치 나를 둘러싼 공간의 시간대가 미세하게 바뀐 느낌을 들게 했다.

"어때, 여기?"

"좋다. 인사동 이곳저곳을 그렇게 수없이 걸어 다녔지만 이런 곳이 있다는 건 오늘 처음 알았어."

"애정을 갖고 보지 않으면 절대 보이지 않는 것들이 있는 법이야."

이런 곳을 알고 있는 자신이 대견한지 주연은 오른손 엄지손가락을 세워 보였다.

우리는 차가운 오미자차와 유과를 주문했다. 동글동글한 작은 얼음 알갱이가 가득 떠 있는 투명하고 선명한 붉은색의 오미자차는 보는 것만으로도 상큼함과 싱그러움을 전했다. 분명 여름과 잘 어울리는 빛깔이었다. 투명한 유리잔에 담겨 나왔으면 더 좋았을 테지만 투박한 듯 정감 있는 청회색의 도자기 잔도 나름대로 운치가 있었다. 잔을 들어 차가운 오미자차를 한 모금 마시자 달콤함과 새콤함, 그리고 오미자 특유의 향이 입안 가득 퍼졌다.

"그거 알아? 오미자차 만들기 정말 쉽다."

주연은 깨끗한 오미자를 하루 정도 물에 담가 붉게 우러나온 물에 꿀이나 설탕을 타면 끝이라고 했다. 난 그걸 어떻게 아느냐고 물었다.

"대학생 때 전통찻집에서 잠깐 아르바이트를 했는데, 그때 만들어 봤어."

전통찻집에서 일한 줄 몰랐다고 내가 놀란 듯 물으니,

주연은 짐짓 새초롬한 표정을 지었다.

"우리가 아무리 오래 알고 지냈다지만 네가 나에 대해 모르는 건 그것 말고도 많을걸."

나는 괜히 머쓱해져서 무심한 척 내뱉었다.

"그게 당연한 거 아냐?"

그러고 보면 주연과 처음 만났을 때가 2000년, 그때 우리는 열아홉 살이었다. 동아리 신입생 환영회에서 이제 자신의 목숨보다 소중히 여겨야 한다고 소개받은 7명의 동기 중 조용하고 수줍은 듯한 표정으로 내 앞자리에 앉아있던 주연. 동기 사랑 나라 사랑이라는 우스꽝스러운 구호를 외치며 그녀와 함께 1년 동안 열심히 동아리 생활을 했고, 그렇게 우리는 스무 살을 맞이했다. 아직도 모든 게 알 수 없고 낯설기만 하던 그때의 나는 나도 모르게 뭉게뭉게 피어난 어떤 특별한 감정을, 어쩌면 사랑일지도 모를 감정을 그녀에게 품었다. 그리고 난 결국 그해 여름의 어느 날, 동해안의 한 해변에서 분위기에 휩쓸려 그 감정을 성급하게 고백해 버리고 말았다.

예년보다 이른 시기에 강력한 태풍이 상륙할 예정이라고 뉴스가 온통 떠들썩했던 그때, 동아리는 태풍 따위는 아랑곳하지 않고 동해안으로 여름 엠티를 떠났다. 어차피 숙소 안에서 술 마시는 게 주요 활동일 테니 태풍이 오든

말든 문제 될 건 없었다. 우리가 묵은 바닷가 민박집에서는 예상대로 첫날부터 무지막지한 술자리가 벌어졌다. 해가 지기 전부터 시작된 그 자리는 자정을 훨씬 넘겨 술에 못 이기는 사람들이 한 명씩 쓰러지는 와중에도 계속되었고, 아침 해가 뜰 때가 되어서야 끝이 났다. 첫날 술자리의 여파가 아무래도 컸는지 둘째 날의 술자리는 전날보다 이른 시간에 정리되는 분위기였다. 그렇게 술자리가 정리될 때쯤 주연과 나는 다른 사람들 모르게 조용히 숙소에서 빠져나와 해변으로 향했다.

우리가 왜 그랬는지는 기억나지 않는다. 아마도 둘 다 조금 취해있는 상태에서 잠깐 바람이나 쐬러 나왔던 건지도 모르고, 다른 사람들에 비해 술이 셌던 우리였기에 빨리 끝나버린 술자리가 아쉬웠던 건지도 몰랐다. 우리는 편의점에서 캔맥주 몇 개를 사서 바닷가 벤치에 앉았고, 그렇게 밤새 맥주를 홀짝이며 함께 했다.

그날 밤 바닷가에는 신비하면서도 수상한, 무언가 말로 설명하기 어려운 설레는 기운이 가득했다. 태평양 어딘가에서 태어나 서서히 힘을 키우며 올라온 태풍은 비 내음이 가득한 바람으로 우리의 머리카락을 마구 헝클였고, 저 멀리 까만 바다의 수평선은 밤하늘과 구분되지 않고 연결되어 우주까지 이어질 것만 같았다. 파도 소리는 무한히 반복되었고, 우리는 벤치에 앉아 하염없이 바다를 바라보며 끝도 없이 대화를 나눴다.

이 세상에 마치 주연과 나 단둘만 있는 것 같던 그 몽글몽글하고 비현실적인 시간 속에서 나의 가슴은 서서히 두근거리기 시작했다. 결국, 구름으로 가득한 하늘이 멀리서부터 희미하게 밝아오고 거세게 불던 바람의 방향이 미세하게 바뀌었을 때, 나는 주연에게 나의 마음을 모두 털어놓았다. 어쩌면 하지 않는 게 더 좋았을 서투르고 부끄러웠던 고백.

고백의 순간을 기점으로 나는 어쩌면 주연을 더 깊이 알게 될 기회를 잃어버린 건지도 몰랐다. 우리는 이후에도 여전히 친했고 동아리의 누구보다 서로 가깝게 지냈지만, 우리 사이엔 어느새 보이지 않는 어떤 선이 그어져 있었다. 우리는 그 선의 존재를 의식했고 가깝게 다가가지 않도록, 혹시라도 넘는 일이 없도록 항상 조심스럽게 행동했다. 주연은 어땠는지 확신할 수 없지만, 적어도 나는 그랬다.

이제는 오랜 시간이 지났고 그때의 감정은 진작 사라졌다고 생각하고 있지만, 왠지 모르게 그때 그 선은 지금까지 희미하게 남아있는 것 같기도 했다. 마치 형태는 사라졌어도 흔적만은 여전히 남아 과거의 영광과 비탄을 전해주는 고대 유적지처럼. 어쩌면 폭풍우가 지나간 뒤에도 옅은 바람이 머물듯 그때의 감정도 아직 완전히 사라지지 않은 채 여전히 선 주변을 서성거리는 것 같기도 했다.

"네가 그래서 전통 차를 좋아하는구나?"

나의 질문에 주연은 딱히 그래서는 아니지만 그래도 계기가 됐을지도 모르겠다고 했다. 그러더니 문득 생각난 듯 줄 게 있다며 핸드백을 열어 작게 포장된 비닐 팩 여러 개를 꺼내 테이블에 올려놓았다. 예전에 선물로 받았던 고급 녹차인데 대만까지 가져가기도, 그렇다고 2년 동안 묵혀둘 수도 없으니 나한테 선물로 준다고 했다. 나는 그중 하나를 집었다. 분명 한 눈에 보기에도 값비싸 보이는 포장이었다.

"그런데 이거 티백이 아니네? 나 디퓨저나 망이 있는 주전자가 없는데."

"안타깝지만 내가 그것까진 준비 못 했으니까 그 정도는 알아서 구해봐."

일부러 나에게 주려고 신경 써서 가지고 온 주연의 마음이 고마웠다. 하지만 고맙다는 말은 쉬이 나오지 않고 괜히 딴소리만 했다.

"내가 오늘 가방을 안 가지고 와서 넣어둘 곳이 없어. 미안하지만 이따 헤어질 때 다시 줘."

"무슨 애가 가방도 없이 나왔어."

주연은 투덜거리며 녹차를 다시 자신의 핸드백 안에 넣었다. 그런 주연의 모습에 나도 모르게 지어지는 미소를 숨기려 나는 얼른 오미자차를 한 모금 마셨다.

건너편으로 보이는 한옥의 대청마루 위에 언제부터인지 검정고양이 한 마리가 몸을 웅크리고 누워 있었다. 고양이는 여기서 오랫동안 지내 이곳의 분위기에 익숙한 듯 사람들이 주변에서 사진을 찍고 구경을 하는데도 전혀 신경 쓰지 않는 것처럼 보였다. 어쩌면 모든 게 귀찮은 나이 많은 고양이인지도 몰랐다. 고양이는 인형처럼 가만히 누워 있다가도 자신이 살아있다는 걸 알리려는 듯 가끔가다 천천히 발이나 머리를 움직여 자세를 살짝 바꾸곤 했다. 누군가 먹을 거라도 주면 더 적극적인 반응을 보이지 않을까 싶지만 아쉽게도 고양이 간식을 챙겨온 사람은 없는 모양이었다.

우리는 차가운 오미자차를 조금씩 그리고 천천히 마셨고, 그에 곁들여 유과를 먹었다. 유과는 먹을 때마다 치아에 찐득하게 달라붙어 살짝 불편하긴 했지만 그래도 맛은 좋았다. 그렇게 우리는 여름의 오후를 여유롭게 즐기며 두서없이 떠오르는 이런저런 이야기를 계속 이어나갔다. 그러다 주연이 영국에서 갑작스럽게 돌아온 이유가 화제가 되었다.

"그냥, 그곳 생활이 그렇게 쉽지는 않았어."

무슨 일이라도 있었던 거냐는 나의 질문에 맡았던 연구과제가 자신이 생각한 것과 많이 다르기도 했고 사람들과 잘 안 맞았다고도 했다. 주연은 힘없이 웃으며 말했다.

"역시 밖에 나가니까 한국이 좋은 걸 알겠더라."

"배가 불렀네. 그렇게 좋은 기회로 나갔는데 그 정도는 참았어야지."

웃으며 농담처럼 말했는데 본의 아니게 핀잔처럼 들렸는지 주연은 잠시 말이 없었다. 괜히 미안한 마음에 눈치를 보고 있는데 주연이 나지막한 목소리로 말했다.

"사실은 할머니 때문이었어."

주연은 가만히 눈앞의 한 점을 응시했다. 어쩌면 얼마 전까지 검정고양이가 웅크리고 있던, 지금은 가느다란 햇살만이 조용하게 자리한 대청마루 위를 보고 있는 건지도 몰랐다.

"할머니한테 치매가 왔었어."

어머니를 일찍 여읜 주연은 어린 시절을 할머니와 함께 보냈고, 그랬기에 할머니를 누구보다 더 애틋하게 생각했다. 대학생이 되어 독립한 이후로도 때마다 할머니가 계신 경기도 외곽까지 먼 거리를 다녀오곤 했던 주연이었다.

"연세는 조금 많았어도 건강하게 별다른 이상은 없으셨는데, 내가 영국으로 떠난 뒤 치매가 오고 건강도 갑자기 안 좋아지셨나 봐. 걱정은 됐지만 내가 어떻게 할 수 있는 게 없었는데, 어느 날 이제 얼마 남지 않으신 것 같다는 연락을 받으니까 도저히 그곳에 계속 머물러 있을 수가 없었어."

그래서 영국에서의 생활을 중단하고 귀국을 선택했던 거라고, 연구가 자신과 맞지 않았던 거나 사람들과 편하지 않았던 건 충분히 견딜 수 있는 어려움이었지만 할머니의 마지막 순간을 함께 하지 못한다는 건 도저히 견딜 수 없었다고 했다.

"귀국해서 할머니를 만나러 갔는데, 이미 치매 증상이 심해져서 나를 알아보지도 못했어. 그렇게 날 이뻐하고 애지중지했었는데 말이야. 자신이 담배를 즐겨 피웠다는 사실조차 잊었더라. 그것도 모르고 할머니 선물로 담배를 사왔지 뭐야. 바보같이. 가방에서 꺼내지도 못하고 그냥 울기만 했어."

울고 있는 자신을 보며 모르는 아가씨가 왜 울고 있냐며 난처한 표정을 짓는 할머니의 모습에 주연은 너무나 서글펐다고 했다.

"내가 다녀가고 얼마 뒤에 할머니는 돌아가셨어."

"몰랐어, 할머니가 돌아가신 줄."

"응, 아무에게도 알리지 않았어. 그때는 그냥, 알리고 싶지 않았어."

우리는 잠시 말이 없었다. 단정하게 차려입은 노년의 두 여성이 가까운 테이블에 앉아 조용하게 대화를 나누었고, 주연은 그들을 물끄러미 바라보았다.

"나이가 든다는 건, 늙어간다는 건, 어떻게 보면 조금 무서운 것 같아."

나는 적당한 대답을 찾지 못했다. 그럴지도, 라고 작게 말하며 천천히 고개를 끄덕이기만 했다.

"내 기억 속 할머니는 항상 건강했어. 말도 정말 잘하고, 욕은 또 얼마나 맛깔나게 잘했는데. 그런데 나이가 들었다는 이유만으로 사람이 그렇게 초라하게 작아지고 바보처럼 변할 수 있다는 게 믿기지 않았어. 그래서 화도 많이 났고."

나는 잠시 머뭇거리다 조심스럽게 말했다.

"사실, 난 네가 아버님의 암 투병 때문에 돌아왔다고 생각했어."

주연은 조금은 쓸쓸해 보이는 표정으로 슬며시 나를 보더니 다시 시선을 내렸다.

"재밌는 게 뭔지 알아? 한국으로 돌아올 때 난 아빠가 암에 걸렸다는 걸 몰랐어. 그리고 더 재밌는 건, 아빠 본인도 그 사실을 모르고 있었단 거야."

하늘이 작게 으르렁거렸다. 회색 구름 사이로 군데군데 파란 하늘이 보이는 게 비가 올 것 같지는 않았는데 멀리서부터 천둥이 울렸다. 나는 주연의 말에 그게 도대체 무슨 소리냐고 물었다. 주연은 박자를 세듯 오른손 검지 끝으로 테이블 위를 살며시 몇 번 두드리더니 차분하고 조금은 건조한 목소리로 말했다.

"귀국한 날 아빠가 공항으로 마중을 나왔어. 자동차 트렁크에 짐을 실으려는데 아빠가 짐을 제대로 들지 못하는 거야. 아빠에게 왜 그러냐고 물었더니 요즘 이상하게 허리가 아프다고 했어. 이 정도도 못 들 정도로 아픈데 병원은 가봤냐니까 아직 안 갔다고 하더라고. 나도 모르게 화가 나서 몇 달 만에 본 아빠에게 도대체 병원은 왜 안가냐고 짜증부터 내고 말았지. 뭐 어쨌든 귀국 후 얼마간은 할머니 때문에 둘 다 정신이 없어서 병원에 가볼 생각은 못 했고, 장례 이후에야 내가 예약을 해서 아빠를 데리고 병원에 갔어."

주연은 잠시 숨을 골랐다. 나는 팔짱을 끼고 주연이 다시 말하기를 가만히 기다렸다.

"검사를 통해 알게 된 건 허리 통증이 암 때문이란 거였어. 간에서 시작된 암세포가 이미 뼈까지 전이되었다고. 이미 어떻게 손 써볼 수 있는 단계는 지났고 원하면 항암 치료를 할 수야 있겠지만 큰 의미는 없을 거라고 의사가 그러더라. 길어야 1년이라는 말과 함께."

나는 나도 모르게 미간을 찡그렸다. 반면에 주연의 표정은 변화가 없었다.

"아빠는 자신이 암이란 사실을, 살 수 있는 날이 얼마 남지 않았다는 사실을 쉽게 받아들이지 못했어. 그런 아빠를 옆에서 지켜보는 건 분명 쉽지 않았지. 무엇보다 날이 갈수록 병세가 완연해지는 아빠를 보고 있으면 걱정과 연민에 더해, 원망과 미안함이 뒤섞여서 나를 옥죄는 것 같았거든. 아빠는 결국 할머니가 돌아가신 후 반년도 채 되지 않아 돌아가셨어."

아빠가 죽은 뒤 주연은 한동안 제대로 잠을 잘 수 없었다고 했다. 침대에 누우면 아빠의 기억이 불쑥불쑥 떠올랐고, 그때마다 그러고 싶지 않았지만 어쩔 수 없이 눈물을 흘렸다면서.

"생각해 보면 그렇게 다정했던 딸도 아니었고, 부녀 관계가 딱히 좋았다고 할 수도 없었어. 대학에 입학한 뒤로는 계속 따로 살았고, 어쩌다 보니 만나는 것도 1년에 몇 번 되지 않았으니까. 영국에 있을 때 할머니는 계속 걱정이 되었지만 아빠를 생각한 적은 한 번도 없었어. 그랬는데 이제 아빠가 영원히 없다고 생각하니 한없이 그립고 살아계실 때 잘해주지 못한 게 그제야 너무 후회되더라."

주연의 눈가가 살짝 촉촉해진 듯 보였지만 난 내색하지 않았다. 주연은 한숨을 짧게 쉬고 계속 말을 이었다.

"아빠를 보내고 얼마 뒤에 집에서 오랜만에 음식을 했는데 그게 정말 맛있게 된 거야. 혼자서 만족스러워하다가 갑자기 아빠한테 생전에 이렇게 해드렸으면 얼마나 좋아하셨을까, 라는 생각이 들더라고. 순간 너무 당황스러웠어. 이전까지는 단 한 번도 그런 적이 없었거든. 결국 음식은 싱크대에 몽땅 버렸고, 난 정말 말도 안 되게 펑펑 울었어."

나는 아무 말도 하지 않았다. 우리는 그저 차를 마시기만 했다. 하늘이 또다시 작게 으르렁거렸다. 주연은 고개를 들어 파라솔 너머로 하늘을 힐끔 바라보았다. 그리고 찻잔을 만지작거리며 말했다.

"그러니 너도 있을 때 잘해. 떠나고 나면 아무 소용없다는 말, 그거 진짜야."

"우리가 나이를 먹긴 했나 보다. 확실히 전보다 이별하는 일, 아쉬운 일이 늘었어. 쓸데없는 후회도 늘었고."

"정말 그런 것 같아. 이제는 예전처럼 한없이 낙관적이고 낭만적이기만 할 수는 없다는 게 실감이 돼."

주연은 잠시 멍하니 있다가 갑자기 생각난 듯 얼마 전 예전 남자 친구와 우연히 연락이 닿아 만났다고 했다. 갑작스러운 전 남자 친구 얘기에 난 나도 모르게 모르는 척했다.

"왜 너도 알잖아, 나랑 과 동기였던 걔. 졸업하고 나서 외국에서 일하다가 이번에 잠깐 들어왔대."

그는 학교 친구들에게 연락하던 중 주연에게도 연락한 모양이었고, 어쩌다 보니 둘은 서로 얼굴 한번 보자며 약속을 잡았다.

"안 그럴 줄 알았는데, 오랜만에 만날 생각하니까 솔직히 조금 설레고 긴장도 되더라. 물론 예전 감정이 남아있어서 그런 건 아니고, 뭐랄까, 그저 어릴 적 풋풋하고도 달콤했던 순간들을 함께 떠올릴 수도 있지 않을까 하는 기대감에 조금 들떴던 것 같아."

며칠 뒤, 세월의 흔적이 쌓여 예전과는 달라진 그의 외모를 마주했을 때 조금 놀라긴 했지만, 어쩌면 그건 자신도 마찬가지일지 모르기에 주연은 크게 신경 쓰지 않았다고 했다. 그저 같은 추억을 공유하는 사람과 함께 그 추억을 잠시나마 회상할 수 있으면 그것만으로도 충분하다고 생각했다며.

"하지만 애초에 내 기대가 잘못됐다는 걸 알아차리는 데는 그리 오랜 시간이 걸리지 않았어. 우리의 대화는 조금은 무미건조한, 현실을 살아가는 이야기가 전부였거든. 그건 분명 하루하루를 힘겹게 뒤로 밀어내며 점점 더 어른이 되어가는 사람들의 대화였어."

주연은 쓸쓸해 보이는 미소를 지었다.

"그때 난 깨달았어. 우리 둘 다 이제 더는 어렸을 적 그 시간에 발을 디디고 있지 않다는 사실을. 그랬기에 우리의 대화도 그럴 수밖에 없는 게 지극히 당연했던 거였고."

그렇게 처음의 설렘과 기대감이 사라지며 체념할 때쯤 그가 대뜸 주연에게 결혼은 안 하냐고 물었단다. 자신은 내년에 할 예정이고, 사실 상견례를 위해 한국에 들어온 거라고 하면서.

"갑작스러운 질문이 당황스럽긴 했지만 어쨌든 대답은 했어. 좋은 기회가 오면 아마도 할 거라고. 단지 무조건은 아니고, 나이가 많다는 이유로 급하게 쫓겨서 할 생각은 더더욱 없다고."

주연의 대답을 가만히 듣고 있던 그가 조용히 덧붙였다고 했다. 너나 나나 아무래도 더 늦으면 힘들지 않겠냐고, 여자는 출산 문제도 있으니까, 라고.

"그 말에 별다른 의도가 있는 것 같지는 않았고, 딱히 틀린 말도 아니라고 생각했어. 그런데도 왠지 모르게 기분이 언짢고 화가 나는 거야. 어쩌면 뭔가 말랑말랑한 감정을 기대했던 나 자신이 한심해서 화가 난 건지도 모르고. 어쨌든 이제는 내가 그런 걸 걱정해야 하는 나이가 되었다는 사실을 불현듯 깨닫게 된 게 굉장히 당혹스럽더라. 마치 어릴 적 내일 제출해야 할 숙제를 까맣게 잊고 있다가 잠들기 전 이불 속에서야 떠올렸을 때처럼 말이야."

나는 작게 소리 내어 웃었지만 표정은 그럴 수 없었다. 주연도 따라 웃었지만 역시나 표정은 그렇지 못했다. 그 순간 우리가 함께 느낀 알 수 없는 비릿하고 씁쓸한 뒷맛은 그저 텅 빈 웃음소리로 애써 무시해버릴 뿐, 딱히 어떻게 할 수 있는 건 없었다.

"그러니 너도 빨리 정신 차리고 연애해서 결혼해."

"야, 갑자기 결론이 왜 그쪽으로 나냐."

하늘이 이번에는 조금 더 크게 으르렁거렸고 잠시 후 작은 빗방울이 한 방울씩 떨어지기 시작했다. 구름이 그렇게 어둡지 않았고 구름 사이로 맑은 하늘이 보이는 걸 보면 오래 내릴 비는 아닌 듯했다. 주변에 앉아있던 사람 중 일부는 우산을 꺼내 펼쳤고, 일부는 처마 밑으로 잠시 이동했다. 하지만 우리는 누구도 먼저 자리를 옮기자고 하지 않았다. 나는 이렇게 파라솔 아래에서 맞이한 비 내리는 풍경이 썩 나쁘지 않았다. 그건 주연도 마찬가지인 것 같았다. 주연은 어딘가 먼 곳을 바라보는 듯한 눈빛으로 내리는 비에 시선을 고정한 채 비가 오네, 라고 혼잣말하듯 작은 목소리로 말했다.

비가 내릴 때 맡을 수 있는 특유의 냄새가 희미하게 느껴지기 시작했다. 마당의 흙은 비에 젖어 서서히 어두워졌고, 나뭇잎과 수풀 위에 투명한 물방울이 맺히며 초록은 더욱 짙어졌다. 우리는 조용하게 내리는 비를, 그리고 그 비가 만들어 내는 왠지 모르게 우리를 위로해 주는 것 같은 고요하고 평온한 풍경을 말없이 바라보았다. 그렇게 풍경을 보고 있으니 문득 우리가 함께 있는 시간과 공간이 먼 과거의 어느 순간으로 바뀐 듯 느껴졌다. 어쩌면 우리가 스무 살이었던 그때, 불어오는 눅진한 바람에 비 냄새가 가득했던 그 여름밤의 바닷가로.

"주연아, 있잖아."

나는 촉촉하게 물기를 머금은 마당의 어느 한 지점을 응시하다가 가만히 주연을 불렀다.

"응?"

주연은 계속해서 내리는 비만 바라보며 작은 목소리로 대답했다.

"그때, 내가 너한테 고백했을 때."

"응?"

그제야 주연은 내게 시선을 돌렸다.

"그때 바닷가에서 말이야. 만약 그때 네가 내 고백을 받아줬으면, 우린 어떻게 됐을까?"

주연은 조금은 놀란 표정으로 잠시 나를 바라보더니 다시 시선을 돌리며 글쎄, 라고만 말했다. 그러고는 오른손을 파라솔의 바깥으로 조심스럽게 뻗어 떨어지는 빗방울을 손바닥으로 가만히 맞았다. 손바닥은 금세 여름비의 투명한 빛깔로 물들었다. 그 시간은 잠깐인 듯도 했고, 어쩌면 생각보다 오랫동안인지도 몰랐다. 주연은 비를 맞고 있던 손바닥을 오므리고 뻗었던 팔을 파라솔 아래로 다시 거두었다. 물기를 머금어 반짝거리는 손을 지그시 바라보던 주연은 조금은 새침한 투로, 하지만 살짝 떨리는 목소리로 내게 말했다.

"그런 쓸데없는 질문은 왜 하냐? 그게 지금 무슨 의미가 있다고."

주연의 말대로 나의 질문은 분명 쓸데없고 의미 없는 질문이었다. 그때처럼 분위기에 휩쓸려 나도 모르게 해버린 말. 침묵의 심연 밑바닥에 가라앉혀 조용히 묻어둬야 했을 말. 그렇지만 나는 질문을 함으로써 주연에게 확인하고 싶었던 건지도 몰랐다. 비록 너무 많은 시간이 흐르긴 했지만 우리에겐 지금보다 서툴렀고 어색했던, 그래도 분명 알 수 없는 두근거림이 가득했던 눈이 시릴 정도의 파란 여름이 있었다는 사실을. 그리고 그 오래되어 버린 계절이 빛이 바래고 멀리 밀려났을지언정 우리가 잊지는 않고 있음을. 이제는 그 계절이 비록 어떠한 의미도 가지지 못한다 할지라도.

나는 어색하게 웃으며 비어버린 찻잔을 만지작거렸다.

"그러게. 이것 봐. 아까 내가 그랬잖아. 나이 들어 쓸데없는 후회만 늘었다고."

빗방울은 이제 떨어지지 않았다. 서로 말이 없어진 우리는 그저 어딘가에서 날아와 촉촉하게 젖은 마당 위를 부지런히 돌아다니고 있는 참새 무리를 한동안 가만히 바라볼 뿐이었다.

*

찻집에서 나와 집으로 가기 위해 우리는 안국역 방향으로 걸었다. 걷는 동안 이런저런 얘기를 나눴지만, 우리 사이에는 분명 어색한 기운이 감돌았다. 안국역 6번 출구 앞에 도착해서 나는 주연에게 한 번에 집으로 가는 버스가 있으니 버스를 타겠다고 했다. 하지만 그건 거짓말이었다. 실제로는 지하철을 타고 가는 게 더 편했고, 버스는 갈아타야만 했다. 거짓말을 한 건 왠지 이제 여기서 주연과 헤어져야만 할 것 같았기 때문이었다. 주연은 알겠다며, 자신은 지하철을 타고 간다고 했다.

"너 대만 가면 한동안 못 보겠네. 돌아오긴 하지?"

"그럴 수도 있고, 아닐 수도 있고. 어쩌면 전처럼 금방 돌아올지도 모르고."

"기왕 가는 건데 오래 있다 와."

나는 진심인지 아니면 거짓인지 나 자신도 알 수 없는 말을 했다. 주연은 내게 오른손을 내밀어 악수를 청했다. 나를 향한 그녀의 작고 하얀 손이 왠지 낯설게 느껴졌지만 나는 활짝 웃으며 그 손을 잡았다. 그리고 혹시 대만으로 가기 전에 한 번 더 볼 수 있을지 물었다. 주연은 잠시 생각하다가 아직 출국 날짜가 확정되지 않았지만 아무래도 힘들 것 같다고, 이것저것 준비할 게 많아 정신없을 것 같다고 했다. 나는 알겠다고, 그럼 가서 더위 조심하고 건강하게 잘 지내라고 말하며 잡았던 손을 천천히 놓았다. 주연은 한 번 더 인사를 한 뒤 계단으로 내려갔고, 나는 그녀의 뒷모습을 한참 동안 바라보았다.

버스에 탄 나는 좌석에 앉아 멍하니 차창 밖을 바라보았다. 나의 의지와 상관없이 무언가를 떠나보낸 것만 같았다. 그건 흐르는 시간, 또는 지나가는 계절일 수도 있고, 어쩌면 누군가를 위한 마음일지도 몰랐다. 함께 하고 싶지만 따라가기엔 내가 너무 느려서, 그리고 때때로 주저해서 놓쳐버리는 것들. 이런 생각을 하고 있으니 가슴이 먹먹해지는 걸 느꼈다. 주연에게 뭔가를 말하고 싶었다. 나는 주머니에서 스마트폰을 꺼내 어떻게 메시지를 보낼까 한참 고민하다가 결국, 조금은 바보 같은 메시지를 보냈다.

-깜빡했는데 녹차를 다시 안 받았네

하고 싶은 말은 이게 아니었다. 주연과 영원히 헤어지는 것도 아니었지만, 그녀가 떠나기 전에 꼭 한 번 더 만나야 할 것만 같았다. 나는 한참을 망설인 끝에 두 번째 메시지를 보냈다.

-선물로 준 건데 안 받을 수는 없지 미안하게. 가기 전에 잠깐이라도 보자

버스가 혜화 로터리를 지날 때 하늘이 갑자기 어두워

지며 다시 비가 내리기 시작했다. 아까와는 다르게 거세게 내리는 소나기였다. 유리창에 흘러내리는 빗물을 보고 있으니 주연의 오른손이 생각났다. 가만히 손바닥으로 빗방울을 맞고 있던, 헤어지기 전 나와 악수를 했던 그녀의 오른손. 나는 내 오른손바닥을 펼쳐 어지럽게 새겨진 손금을 바라보았다. 손금은 골목길들이 복잡하게 얽힌 지도처럼 보였다. 하지만 나로서는 도저히 읽을 수 없는, 방향을 알 수 없는 지도였다.

나는 멍하니 손바닥을 바라보다가 창을 조금 열어 손을 밖으로 내밀었다. 하늘을 향해 펼쳐진 손바닥을 두드리는 빗방울의 무게가 온전히 느껴졌고, 그 느낌이 싫지 않았다. 그렇게 한동안 여름의 따뜻한 소나기를 느낀 뒤 나는 손을 거두고 창을 닫았다. 그때 주연에게서 연달아 메시지가 왔다.

-녹차가 뭐 대수라고
-그래도 출국하기 전에 다시 또 보자
-다음엔 니가 맛난 곳 알아 와

그리고 잠시 시간의 틈을 두고 메시지가 이어졌다.

-니 말처럼 후회가 쓸데없지만은 않아. 그때를 다시 떠올리게 하니까. 나도 가끔 후회를 하곤 해.

 나는 주연의 메시지를 읽고 또 읽었다. 마지막 메시지의 의미를 이해해보려 했지만, 머릿속엔 바람 소리만이 거세 생각을 집중할 수가 없었다. 메시지 창의 깜빡이는 커서를 우두커니 바라보다가 주연에게 보낼 메시지를 천천히 써나갔다. 하지만 메시지는 완성되지 못하고 곧 지워졌다. 그렇게 나는 한참 동안을 빗물에 젖은 손으로 메시지를 쓰고 지우기를 계속해서 반복하기만 했다.
 잠시 고개를 돌려 바라본 창밖에는 여전히 비가 내렸고, 저 멀리 회색빛 구름의 좁은 틈 사이 파란 하늘에서 가느다란 여우볕이 나는 게 보였다.

멋진 하루

그리고 무엇보다 지금 바로 편한 운동화를 사자고, 그래서 내 발에 맞는 편한 신발을 신고 편한 걸음으로 지금부터라도 나를 위한 시간을 가져보자고 생각했다. 남의 시선이 아닌 나 자신을 위해 이토록 멋진 하루를 온전히 마음을 다해 즐겨보자고 다짐했다.

멋진 하루

　맞춰 놓은 알람 시각보다 한참 전에 눈이 떠졌다. 심지어 평소 출근 시각보다도 일렀다. 토요일이라고 마음 편히 늦잠을 자기엔 내 마음이 그리 편하지 않은 모양이었다. 눈을 감고 다시 잠을 청해보려 했지만 한 번 깬 잠은 쉽사리 다시 오지 않았다. 그렇게 한참을 뒤척이던 난 결국 다시 잠들기를 포기하고 몸을 일으켜 침대에 앉아 멍하니 집안을 바라보았다. 블라인드의 가는 틈 사이로 들어오는 희미한 빛에 집안의 풍경이 희끄무레하게 보였다. 테이블 아래 자신의 보금자리에서 웅크리고 잠을 자다 나 때문에 깬 고양이는 머리를 들어 잠시 나를 보더니 이내 다시 고개를 아래로 묻었다. 토요일인데 왜 벌써 일어난 거냐고. 자기는 더 자겠다고. 한껏 동그랗게 웅크린 고양이의 몸은 나에게 그렇게 말하는 듯했다.

나는 따뜻한 이불 속에서 빠져나와 블라인드의 줄을 조심스럽게 잡아당겼다. 바닥부터 차오르는 선명한 빛이 어둠을 조금씩 밀어내었고, 방안을 채운 눈 부신 햇살에 나는 살짝 눈을 찡그렸다. 불투명 유리로 된 창문을 열어보니 바깥엔 파란 하늘과 하얀 구름, 부드럽고 밝은 햇살, 그리고 서늘하면서도 싱그러운 공기가 가득했다. 창틀에 기대어 바깥 풍경을 바라보고 있으니 미처 내가 깨닫지 못한 사이에 지금의 계절이 절정의 시기를 맞이했다는 걸 알게 되었다. 지금처럼 하루하루를 무심히 흘려보내다 보면 계절은 어느새 여름의 문턱에 진입해 있을 것이다. 그때까지 그리 오래 걸리지는 않는다. 계절이든 시간이든 추억이든 모든 건 순식간에 지나가 버리고, 희미해지며, 결국 저 멀리 기억의 그림자 저편에서 잊히고 마는 법이니까.

냉장고를 열어 생수병을 꺼내 컵에 따르지도 않고 병째 물을 마셨다. 신선식품 칸에서 빛깔이 고운 커다란 오렌지 하나를 꺼내 식탁 의자에 앉아 두툼한 껍질을 손으로 천천히 조심스럽게 벗겼다. 그리고 가장자리에 푸른색 덩굴식물 무늬가 그려진 하얀 접시를 가져와 오렌지 알맹이를 한 알 한 알 모양이 부서지지 않게 나누어 담았다. 크지 않은 원룸 공간에 금세 달콤하고 상큼한 오렌지 향이 가득 퍼졌다.

오렌지 한 알을 집어 입에 넣고 깨무니 시원하고 새콤달콤한 과즙이 입안 전체에 퍼졌다. 천천히 오렌지 맛을 음미하며 접시를 들고 침대 옆 선반 위의 턴테이블 앞으로 향했다. 오렌지 껍질을 벗기고 있을 때부터 지금 이 순간 듣고 싶은 노래가 입가에서 맴돌았다. 나는 선반에 꽂혀있는 LP 중 하나를 꺼내 턴테이블 위에 올리고, 조심스럽게 톤암을 움직여 두 번째 트랙이 시작되는 홈에 바늘을 올려놓았다. 카트리지의 바늘 끝이 LP의 홈을 조심스럽게 읽기 시작하자 The Commodores가 노래하는 「Easy」의 부드러우면서 리드미컬한 피아노 인트로가 작은 스피커를 통해 흘러나왔다. 그 인트로는 언제 들어도 나른하면서 기분이 좋아지는 멜로디였다.

환상적인 날씨와 상큼한 오렌지, 거기에 기분 좋은 음악까지 함께 하니 그야말로 모든 것이 완벽한 4월의 토요일 아침이었다. 나는 이렇게 멋진 날, 잠시 후면 동아리 선배의 결혼식에 가야 한다. 그리고 아마도 그곳에서 헤어진 전 남자 친구를, 태윤을 마주하게 될 것이다. 전 남자 친구를 만나게 되는 순간에 오늘처럼 날씨가 끝내주는 게 과연 좋은 건지, 아니면 불운한 건지 생각해 보았는데 정확한 판단을 내리긴 어려웠다. 그래도 흐린 날씨보단 낫지 않을까 싶긴 했다. 태윤을 만나면 분명 기분이 뒤숭숭해질 텐데 그때 만약 날씨까지 우중충하면 그건 정말 너무나도 별로일 것 같기 때문이다.

*

태윤과 나는 동아리 동기다. 신입생 환영회에서 처음 보게 된 그는 큰 키와 훤칠한 외모, 넓은 어깨 때문에 신입생 중에서, 아니 당시 동아리의 모든 사람 중에서 가장 눈에 띄었다. 전형적인 미남형 얼굴은 아니었지만 갸름한 턱선에 균형 있게 자리 잡은 외꺼풀의 큰 눈과 큰 입은 충분히 그를 매력적으로 보이게 만들었다. 게다가 성격도 활발하고 서글서글해 동아리의 여자 선배들과 동기들은 그에게 직간접적으로 호감을 드러냈다. 그가 나의 남자 친구가 되기 전까지는.

그와 사귀었다고 해서 당시 내가 그들보다 더 예뻤다거나 매력적이었다는 건 아니다. 단지 태윤과 나는 신기할 정도로 처음부터 서로에게 끌렸다. 외향적이고 사람들과 어울리기 좋아했던 태윤에 비해 나는 조금은 내성적이고 조용한 성격이었는데, 그러한 정반대의 성격이 오히려 서로의 관심을 강하게 끌었던 것 같다. 우리는 서로에게 빠르게 빠져들었고, 학교 벚나무의 벚꽃이 채 만개하기 전에 사귀기 시작했다.

이후 나는 동아리 여성회원 대다수로부터 시기와 질투 어린 시선을 받았고, 그들로부터 겉으로 잘 드러나지 않는 부당한 차별을 종종 받기도 했다. 하지만 그리 개의치는 않았다. 그때는 바보 같게도 그런 부당함과 불편함을 태윤과 사귀기 위해 당연히 치러야 할 대가, 일종의 기회비용 같은 것으로 생각했다.

우리는 사귀는 동안 분명 행복한 시간을 함께 보냈고 오랜 시간을 그렇게 함께할 수 있을 거라 믿었다. 하지만 역시나 그러한 믿음은 연인들이 쉽게 빠지곤 하는 어리석은 착각일 뿐이었다. 물론 짧지 않은 시간을 함께했지만, 결국 우리는 헤어졌다.

태윤은 사람들과 어울리는 걸 좋아했기에 그만큼 약속이 잦았고, 약속이 있는 날이면 늦게까지 노는 경우가 대부분이었다. 그의 성향은 처음부터 알고 있었기에 큰 문제가 되지 않았다. 누구와 만나는지, 어디에서 언제까지 만나는지만 확실하면 나는 굳이 그를 구속하지 않았다. 그랬기에 그도 자신의 일정과 동선 등을 성실하게 내게 알려주었다. 얼마 동안은.

시간이 흐르고 서로에 대한 애정의 농도가 어쩔 수 없이 처음보다 조금은 옅어졌을 무렵, 태윤은 이전엔 하지 않았던 거짓말을 나에게 하기 시작했다. 약속 없이 집에 있다고 했지만 실은 밖에서 사람들을 만났고, 약속이 끝나고 집에 들어가는 길이라 말했지만 실제로는 더 늦게까지 술을 마시곤 했다. 거짓말을 들키지 않았다면 당연히 나도 몰랐을 테고 아무런 일도 일어나지 않았겠지만, 문제는 그가 거짓말에 그리 능숙하지 않았다는 거였다. 어쩌면 나의 촉이 그가 생각하는 것보다 더 좋았던 건지도 모르고.

그의 거짓말은 여러 번 들통났고, 나는 그에게 화도 내고 때때로 잘 타일러도 보았다. 그럴 때마다 그는 나에게 죽을죄를 지은 듯 미안해하며 다시는 그러지 않겠다고 말했다. 하지만 한번 몸에 밴 버릇은 쉽게 사라질 리 없었고 시간이 갈수록 오히려 그런 경우가 잦아졌다.

그러던 어느 날 새벽, 그의 번호로 전화가 왔다. 잠결에 받은 전화에서 낯선 남성이 나에게 혹시 이 전화기 주인의 여자 친구냐고 물었다. 그 전화는 나에게 집에 들어가는 길이라고 거짓말을 한 뒤 더 놀다가 술에 취해 정신을 잃고 버스 종점까지 간 그를 빨리 데리고 가라는 버스 기사의 전화였다. 나는 어쩔 수 없이 버스 차고지까지 갔고, 정신을 못 차리고 허우적대는 그를 택시에 태워 그의 집까지 함께 갔다. 그리고 집으로 돌아오는 길에 이제는 그와 헤어져야겠다고 결심했다.

다음 날, 그에게 먼저 전화를 걸어 이제 헤어지자고 말했다. 무릎 꿇고 손이 발이 되도록 용서를 빌어도 모자를 마당에 그는 새삼 미련 없다는 듯 그러면 헤어지자고 했다. 당당하다 못해 어처구니없는 그의 태도에 나는 화도 제대로 내지 못했다. 그렇게 우리는 5년여의 연애 끝에 헤어졌다. 나는 그에게 어떤 미련도 갖지 않았다. 오히려 더 빨리 헤어지지 못한 게 후회스러울 정도였고, 헤어지고 나서야 군대에 간 그를 2년이나 기다렸던 게 얼마나 바보 같은 짓이었는지 깨달았다.

그렇게 이별하고 얼마 뒤 나는 학교를 졸업했고, 이후 우리는 단 한 번도 마주치지 않았다.

*

오늘 결혼하는 선배는 나보다 두 기수 위다. 선배는 군 제대 후 복학을 하더니 그 해 들어온 나보다 세 살 어린 동아리 신입회원과 사귀기 시작했다. 둘은 졸업하고 취업해서 직장에 다닐 때까지 긴 시간 동안 연애를 했고, 한 달 전 단체 메시지를 통해 이제 결혼한다는 소식을 전했다.

둘은 동아리에서 최초로 결혼까지 하는 커플이었다. 그들의 결혼 소식을 듣고 나는 문득 궁금했다. 만약 내가 태윤과 헤어지지 않고 계속 사귀었다면, 반복적으로 거짓말을 하는 그를 이해하고 용서했다면 과연 동아리 최초 결혼 커플이라는 타이틀을 우리가 가질 수 있었을까? 궁금증의 해답을 찾는 데는 그리 오랜 시간이 걸리지 않았다. 그렇게는 되지 않았을 거다. 아마도. 아니, 분명.

연애와 결혼은 결이 전혀 다른 문제다. 매사에 적극적이고 에너지가 가득했던 태윤과의 연애는 흥미로웠지만, 우리는 성격, 취향, 사고방식이 완전 정반대였다. 정반대의 두 사람은 서로에게 끌릴 수는 있지만, 서로에게 스며들어 새로운 하나가 되는 건 결코 쉬운 일이 아니다. 우리는 계속 함께했어도 어느 시점에 가서 결국 헤어졌을 것이다. 그게 자연스러운 결말이었다. 마치 오래된 페인트칠이 갈라지고 벗겨지는 것처럼.

태윤은 2년 전 결혼했다. 그가 결혼한다는 소식은 동아리 동기를 통해 전해 들었을 뿐 개인적인 연락은 없었다. 생각해 보면 그건 별로 이상할 게 없었고 어찌 보면 당연했다. 나는 초대받지 않은 결혼식에 참석하지 않았다. 나중에 들은 얘기로는 결혼식은 매우 많은 하객으로 붐볐고, 그는 기분이 좋은 듯 살짝 흥분한 상태였으며, 작고 귀여운 신부의 뱃속엔 이미 6개월이 된 아이가 있었다고 했다.

선배의 결혼 소식을 처음 들었을 때 나는 결혼식에 참석하자고 생각했다. 나를 특별히 잘 챙겨줬던 선배이기도 했고, 졸업 후에도 지금까지 연락하며 지내는 몇 안 되는 동아리 사람이었기에 직접 만나 축하해 주는 게 당연했다. 그런데 곧바로 결혼식장에서 태윤을 만날 수도 있다는 걱정이 들었다. 태윤 역시 결혼하는 선배와 친하기도 했고, 그는 예전부터 성격상 결혼식을 비롯한 동아리의 크고 작은 행사에 빠지지 않고 앞장서서 참석하곤 했다.

이별한 직후에는 그와 스치는 것조차 껄끄러웠다. 그는 어땠는지 모르겠지만 나는 그를 피하려고 학교 내에서도 어지간히 신경 쓰며 돌아다녔고, 동아리 행사는 일부러 참석하지도 않았다. 나는 그와 마주치고 싶지도, 그의 소식을 듣고 싶지도 않았다. 2년 전 그의 결혼 소식엔 소식을 들었다는 것 자체로 잔뜩 짜증이 나기도 했다.

하지만 지금도 그런가? 이별 이후 많은 시간이 흘렀고, 그의 기억은 오래되고 빛바랜 수많은 기억의 조각 중 하나가 되었을 뿐이다. 이제 나와 아무 상관 없는 사람이다. 결혼식에서 마주친다면 어색할 수야 있겠지만 그건 잠깐일 뿐, 내가 불편해할 필요는 없고 그냥 무시해버리면 그만이었다. 이렇게 생각을 정리하니 결혼식에서 그를 만나는 게 더는 걱정되지 않았다.

    그랬는데, 그렇게 정리했다고 생각했는데 선배의 결혼식 날짜가 다가올수록 생각과는 다르게 점점 태윤이 신경 쓰이기 시작했다. 아니, 정확히 말하면 나 자신의 모습이 신경 쓰였다. 결혼식장에서 그를 마주할 나의 모습이 누구보다 매력적이고 멋진 모습이길 원했다. 태윤은 예전의 날씬하고 활기 넘치던 모습은 온데간데없이 배 나온 아저씨가 되었을지도 모르고, 육아에 지쳐 피곤함에 찌들어 있을지도 모른다. 그런 그의 앞에서 나는 여전히 싱그럽고 아름다운 모습으로 보이고 싶었다.

    나 자신도 왜 그런지 이유는 알 수 없었다. 어쩌면 그에게 지고 싶지 않은 건지도 몰랐다. 물론 연애하고 결혼해서 아이를 가져야지 인생에서 앞서 나간다고 생각하는 건 절대 아니었다. 다만, 그와 헤어진 뒤 지금까지 괜찮은 연애 한번 제대로 못 해보고, 결혼은 도대체 언제 할 거냐는 엄마의 잔소리만 시도 때도 없이 듣고 있는 나 자신이 태윤과 비교하면 어떤 면에서는 뒤처져 있는 것처럼 느껴지기도 하는 게 사실이었다. 내 인생을 즐기고 있다고 자부하지만, 회사 업무와 사람과의 관계에 이리저리 치이면서 자주 무기력증에 빠지곤 하는 내가 어떤 때는 초라하게 여겨지기도 했다.

분명 그래서였을 것이다. 말도 안 되고 그럴 필요가 전혀 없는 짓이라는 걸 잘 알면서도 이번 선배 결혼식에 어느 때보다 당당한 모습으로 가고 싶고, 그래서 태윤을 포함해 나를 아는 사람들의 놀라움과 부러움 섞인 시선을 받고 싶다는 생각을 한 건. 하지만 생각만 할 뿐 그렇게 보이기 위해 뭘 어떻게 해야 하는지는 알지 못했다. 머리를 하고, 피부 관리를 받아야 하나? 운동으로 몸매를 만들어야 하나? 옷을 사고, 가방을 살까? 이런저런 고민을 해봤지만 그럴 때마다 이렇게까지 해야 할 필요가 있을까, 라는 현실적인 의문과 머릿속에 그려 보는 그날의 이상적인 모습 사이에서 갈팡질팡했다. 그러는 동안 시간은 빠르게 지나갔다.

결국, 뭐 하나 특별히 한 거 없이 시간만 보내다 결혼식 일주일 전이 되어서야 저녁밥을 굶으며 체중 관리 정도만 겨우 했다. 퇴근하고 집에 돌아오면 시원한 맥주와 함께 기름지고 짭조름한 안주 생각이 매우 간절했지만, 이것마저도 하지 않으면 당일 아침에 거울을 보며 분명 후회할 걸 알았기에 초인적인 의지로 견뎌냈다. 하루하루 날이 갈수록 의지가 약해지려 하는 순간이 자주 닥쳐왔다. 그럴 때마다 나는 이불 속으로 파고 들어가 베개를 힘껏 끌어안은 채 끙끙 앓는 소리를 내며 참아내야만 했고, 고양이는 도대체 왜 그러고 있냐는 듯 동그란 눈으로 나를 바라보았다.

*

햇살은 따사로웠고 미세먼지 없는 공기는 상쾌했다. 쌀쌀하지도, 그렇다고 덥지도 않은 외출하기 딱 좋은 기온이었다. 나는 밝은 햇살을 받으며 이십 대 때에도 잘 신지 않았던, 마지막으로 신은 게 언제였는지 기억도 나지 않는 굽 높은 베이지색 펌프스를 신고 살짝 불편한 걸음걸이로 지하철역을 향했다. 과하지 않게 평소처럼 하자고 다짐했지만 어쩔 수 없이 신경 쓴 헤어스타일과 화장, 옷차림이 괜스레 어색하게 느껴졌고, 여러 번 멈춰 서서 거리의 쇼윈도에 비친 모습을 확인해야만 했다.

힘겹게 지하철역 대합실에 도착하자 승강장으로 열차가 곧 들어온다는 화면이 보였다. 불편한 신발에도 불구하고 서둘러 계단을 내려가려 하는데, 한 할머니가 난간을 잡고 손수레를 끌며 힘겹게 계단을 내려가는 모습이 눈에 들어왔다. 지금 들어오는 열차를 타야 결혼식 시간에 늦지 않게 도착할 수 있었지만, 나는 결국 할머니를 그냥 지나치지 못했다. 손수레를 들어주고 할머니의 걸음 속도에 맞춰 함께 계단을 내려왔다. 그렇게 계단을 모두 내려오니 열차는 이미 떠나 버렸고, 안내 화면에는 다음 열차가 어디에 있는지 나타나지도 않았다.

떠나 버린 열차에 속으로 아쉬워하고 있는데 할머니는 내 속을 아는지 모르는지 내 팔을 쓰다듬으며 얼굴도 예쁜 아가씨가 마음씨도 예쁘다고 했다. 그러고는 메고 있던 배낭의 앞주머니를 열어 안을 뒤지며 잠깐만 있어 보라 했다. 나는 그저 어색하게 웃으며 저 안에서 과연 뭐가 나올지 불안한 마음으로 가방 앞주머니에 시선을 고정했다. 마침내 할머니가 주머니에서 꺼낸 건 노란 고무줄로 주둥이 끝을 조여 놓은 초콜릿 봉지였다. 할머니는 고무줄을 풀어 주름이 자글자글한 작은 손으로 사탕처럼 비닐로 포장된 초콜릿 세 알을 마치 소중한 보물을 주듯 나에게 건네었다. 나는 왠지 모르게 꺼려졌지만, 할머니가 어서 받으라고 내미는 걸 안 받을 수도 없어 감사하다고 말하며 쭈뼛거리는 손으로 받았다. 할머니는 사람 좋아 보이는 얼굴로 내게 복받을 거야, 좋은 하루 보내, 라고 말한 뒤 손수레를 끌고 승강장을 따라 천천히 걸어갔다.

시야에서 할머니가 멀어지자 나는 초콜릿을 핸드백 안에 아무렇게나 던져 넣은 뒤 비어있는 벤치에 앉아 구두를 벗고 발을 그 위에 올렸다. 양 엄지발가락 주변이 구두에 쓸려 발갛게 부어있었다. 이 상태로 조금만 더 걸으면 분명 피부가 다 벗겨질 것 같았기에 지금이라도 반창고를 사서 붙일까 하다가 그만두었다. 반창고 정도로 어떻게 될 수준이 아닌 것 같았다. 나는 가만히 발가락을 바라보며 짧게 한숨을 내쉬고 언제 올지 모르는 다음 열차를 맥없이 기다렸다.

*

결혼식장 앞에 도착하니 심장이 분명 평소보다 빠르게 뛰는 게 느껴졌다. 여기까지 서둘러 걸어온 탓도 있겠지만, 아마도 이곳에서 곧 태윤을 보게 된다고 생각하니 나도 모르게 긴장이 된 것 같았다. 도대체 걔를 만나는 게 뭐라고. 진정해. 제발! 머릿속으로는 냉철해지려 했지만 마음은 내 뜻대로 되지 않았다. 나는 건물 안으로 바로 들어가지 않고 잠시 바깥에 가만히 서서 심호흡하며 두근거리는 심장을 차분하게 가라앉혀 보려 했다. 하지만 생각처럼 쉽지 않았다. 오히려 괜히 더 긴장돼서 이미 지하철역 화장실에서 확인했던 머리 모양과 옷매무새를 다시 한번 확인해 보고 싶어졌다. 출입구 유리문에 비친 나의 모습은 여전히 어색해 보였고 어딘지 모르게 내 모습 같지 않았다. 나는 정신없이 걸어오느라 흐트러진 앞머리를 정리하며 제발 침착하자고 자신을 타이르듯 말했다. 그리고 건물 안으로 들어가 결혼식장으로 올라가는 엘리베이터에 올라탔다.

식은 이미 시작되어 벌써 신부가 입장할 차례였다. 선배는 누가 봐도 긴장한 표정으로 로봇 같은 웃음을 지은 채 앞에 서 있었고, 얼굴도 가물가물했던 신부는 진한 화장 때문에 더더욱 낯설어 보였다. 나는 하객으로 북적거리는 출입구 부근에 서서 어쩌면 지금 입장하고 있는 신부보다 더 긴장된 마음으로 천천히 식장 안을 둘러보았다. 그리고 앞쪽 구석의 원형 테이블에 동아리 사람들이 모여 있는 것을 발견했다. 입안이 바짝 마른 듯했다. 마른침을 삼켰는데 꼴딱하는 소리가 깜짝 놀랄 정도로 내 귀에 크게 들렸다. 테이블에 앉아있는 사람들을 한 명 한 명 확인하며 태윤을 찾아보았는데 태윤은 보이지 않았다. 나는 시간이 많이 흐른 만큼 모습이 변해 혹시 못 알아보는 건 아닌가 했지만, 사람이 그렇게 급격하게 변했을 리는 없었다. 다시 천천히 식장 전체를 둘러보았지만 역시나 그의 모습은 찾을 수 없었다. 겨우 진정시켜 놓았던 가슴이 다시 빠르게 콩닥콩닥 뛰기 시작했다.

그때 누군가 나의 팔을 가볍게 툭 쳤다. 나는 깜짝 놀라 하마터면 비명을 지를 뻔했다. 하지만 다행히 아무 소리도 내지 않고 옆을 바라보았다. 내 옆에서 누군가 날 보며 웃고 있었는데, 자세히 보니 민희였다.

"어머, 지혜야, 너도 왔구나. 웬일이야. 정말 오랜만이다."

민희는 나와 태윤의 동기이다. 그리고 한때 나에게 행해지던 동아리 여자 회원들의 은근한 따돌림과 괴롭힘을 주도했던 인물이기도 했다. 자기 딴에는 내가 그 사실을 모른다고 생각했겠지만 당하는 사람은 그런 걸 모를 수 없는 법이다. 나는 그녀가 태윤을 많이 좋아했다는 것도, 그리고 성공하진 못했지만 몰래 태윤에게 접근해 나와 헤어지고 자신과 만나자 했다는 사실도 알았다. 아마도 당시 그녀에게 나라는 존재는 모든 게 마음에 들지 않고 보기만 해도 짜증이 나는 눈엣가시였을 것이다.

하지만 그녀는 겉으로 그런 감정을 드러내지 않고 항상 웃으며 나를 대하곤 했다. 나는 그녀의 속마음을 알고 있었기에 그러한 그녀의 웃음이 오히려 더 무섭고 질릴 수밖에 없었다. 그래서 그녀를 대할 때면 더 정신을 바짝 차려야만 했고, 내 태도는 어쩔 수 없이 방어적이어야만 했다. 그러지 않았다면 그땐 정말 말 그대로 그녀에게 잡아

먹힐 것만 같았다.

　민희는 지금도 나를 보며 웃고 있는데 그 웃음이 예전의 웃음과는 조금 다르게 느껴졌다. 가식적인 웃음이라기보다, 물론 기분 탓일 수도 있었지만, 어딘지 모르게 짓궂어 보이고 나를 비웃는 것에 더 가깝게 느껴졌다. 마치 오늘 내가 여기 올 걸 예상했다는 듯한, 그리고 내가 어떤 생각으로 여기에 온 건지 자신은 알고 있다고 말하는 듯한 웃음이었다.

　나는 민희를 만나게 될 거란 예상은 전혀 하지 않았기에 그녀의 등장이 어쩐지 불안하게 느껴졌다. 이제는 그녀를 경계하거나 긴장해야 할 필요가 없었지만 왠지 모르게 그녀 앞에서는 조심해야만 될 것 같았다. 어쨌든 뜨악한 기분을 내색하지 않고 최대한 반가운 척을 하며 나는 그녀에게 인사를 했다. 그리고 그사이에 빠르게 그녀의 모습을 전체적으로 훑어보았다. 시간을 들여 세심하게 세팅을 한 게 분명한 머리부터 최근 유행하는 스타일로 한 화장, 길이가 조금 짧은 게 아닌가 싶은 미니 원피스와 손에 들고 있는 값비싸 보이는 명품 핸드백까지. 다른 사람에겐 결혼식 하객의 일반적인 모습으로 보였겠지만 나에겐 그녀의 모습 하나하나가 일부러 신경 쓴 것처럼 보였고, 그런 만큼 어딘가 부자연스러워 보였다. 어쩌면 그녀도 누군가의 시선을 의식하며 평소보다 더 겉모습에 신경 쓴 걸지도 몰랐다.

순간, 지금 나의 모습도 민희와 크게 다르지 않다는 것을 깨달았다. 내가 민희를 보며 했던 생각을 다른 사람들이 나를 보며 한다 해도 전혀 이상할 게 없었다. 부자연스러운 차림으로 누군가를 찾아 두리번거리고 있는 모습에서 나의 부끄러운 의도를 쉽게 알아차릴 수 있을지도 몰랐다. 물론 여기 있는 어떤 누구도 나를 그렇게 유심히 볼 리 없지만 괜한 민망함에 내 얼굴은 이미 붉게 달아오른 뒤였다. 식장의 조명이 어두운 게 다행이었다.

"동아리 사람들 모두 저기에 모여 있는데. 저리로 가자."

나의 기분을 아는지 모르는지 민희는 내가 이미 봤던 테이블을 가리키며 함께 가자고 말했다.

"아니, 괜찮아. 식 끝나면 어차피 다들 모일 텐데 그때 인사하지 뭐. 저기 지금 앉을 자리도 없네."

나는 어딘가 궁색해 보이는 변명으로 민희의 제안을 피했다. 솔직히 민희만큼이나 다른 동아리 사람들과도 어색하긴 마찬가지였다. 태윤과 헤어지고 나선 특별한 경조사 외에는 동아리 공식 행사는 물론 동기들 모임조차 참석하지 않았다. 그땐 태윤과 부딪히는 게 신경 쓰이기도 했고 사람들이 우리의 이별에 관해 왈가왈부하는 것도 듣기 싫었다. 지금 생각해 보면 굳이 그렇게까지 할 필요는 없었는데 일부러 이런저런 이유를 만들면서 동아리를 멀리했다. 그러다 보니 어느새 동아리 사람들과의 관계는 소원해질 수밖에 없었다. 아마 저 사람들에게도 나는 딱히 반길만한 사람은 아닐 것 같았다.

"그래? 그럼 그러자."

나는 민희가 혼자라도 가주길 바랐지만 그녀는 대답 이후에도 내 옆에 계속 서서 별다른 말 없이 그저 미소를 지은 채 신랑, 신부만 바라보고 있었다. 무심한 듯 서 있는 그녀를 보며 내가 본인을 불편하게 느낀다는 것을 알고 있고, 그래서 일부러 계속 옆에 있는 건 아닐까 생각이 들었다. 이렇게 생각하는 내 마음이 비뚤어진 건지도 모르지만, 나는 그냥 그렇게 믿었다. 슬그머니 짜증이 났지만 지금 갑자기 자리를 옮기는 것도 이상하기에 하는 수 없이 그냥 결혼식을 지켜보기로 했다. 이러지도 저러지도 못한 채 어색한 분위기 속에서 멀뚱히 서 있으려니 구두 속의 엄지발가락 부분이 욱신거리는 게 느껴졌고 나는 미간을 살짝 찡그렸다.

주례가 시작되었다. 신랑, 신부와 아무런 연이 없는, 돈 주고 섭외한 사람이 분명해 보이는 나이 지긋하신 분이 고리타분한 주례사를 유려하게 쏟아내었다. 나는 주례를 듣는 척하며 민희가 눈치채지 못하도록 조심스럽게 한 번 더 하객들을 살펴보았다. 바로 그때, 민희가 시선은 앞을 향한 채 몸만 나에게 살짝 기울이며 작은 목소리로 말했다.

"동아리 사람들이 꽤 많이 왔어."

갑자기 무슨 소리인지 의아했다. 동아리 사람들이 많이 왔다니, 그게 뭐 어쨌다고. 나는 별다른 반응을 하지 않았다. 민희는 상관없다는 듯 계속 말을 이었다.

"15기 선배들하고 20기 애들은 다 온 거 같고. 우리 기수도 대부분 왔어. 심지어 너까지 왔잖아. 올만 한 사람들은 다 온 거지 뭐."

농담이라고 한 말인지 모르겠지만, 마지막 말은 분명 나를 비꼬는 말이었다. 마음속 짜증이 더 커졌지만, 특별히 어떻게 할 수도 없어서 그냥 어색한 웃음으로 대답을 대신했다. 그녀는 내 기분은 전혀 신경 쓰지 않는 것 같았고, 오히려 중요한 비밀을 알려준다는 듯 나에게 몸을 더 밀착시키며 손으로 입을 가리고는 소곤거렸다.

"근데 태윤이 얘는 안 왔다. 꼭 온다고 그렇게 얘기하더니 오늘 늦게 일어났다고 못 온대. 정말 너무 하지 않니? 제일 친한 선배 결혼식인데 늦잠 때문에 못 온다니 말이야. 그러곤 나한테 축의금만 대신 내달라고 부탁했다니깐."

　민희는 말을 마친 뒤 손을 내리고 몸을 다시 바르게 세웠다. 시선은 계속 앞을 향하고 있었다. 분명하진 않았지만, 그녀의 작고 짧은 웃음소리를 들은 듯했다. 그녀가 갑자기 나에게 태윤의 얘기를 한 건 다분히 의도적이라고 생각할 수밖에 없었다. 내가 결혼식에 왜 왔는지, 태윤을 왜 만나려 하는지, 그리고 그에게 어떤 모습으로 보이길 원하는지 모든 걸 알고 나를 놀리려 한 말이 분명하다고 생각했다. 물론 이건 나의 오해일 수도 있다. 아니, 아마 오해일 것이다. 솔직히 그렇게 판단할 수 있는 근거는 아무것도 없었다. 하지만 난 그녀에게 한 방 세게 제대로 얻어맞은 것 같았고 이미 이성적 판단을 할 수 없는 상태가 되어버렸다.

　그녀의 말을 듣고 나니 온몸에 힘이 빠지며 긴장이 풀렸다. 마치 터질 듯 팽팽하게 부풀었던 풍선이 어느 순간 주둥이가 열려 우스꽝스러운 소리를 내며 빠르게 쪼그라든 것 같았다. 머릿속은 그저 멍하기만 했다. 어느새 주례는 끝났고, 누군가 축가를 부르기 시작했지만 내 귀에는 그 어떤 음악 소리도 들리지 않았다. 정신을 차려보니 민희는 어느새 동아리 사람들이 모여 있는 테이블에 가 있었다. 사람들에게 내 얘기를 했는지 몇몇이 나를 향해 손을 흔들었고, 몇몇은 나를 힐끔거리며 말을 주고받더니 웃었다. 그 모습은 마치 나를 놀리는 것처럼 느껴졌고 그들의 비아냥거리는 소리가 귀에 들리는 듯했다.

그렇게 신경 쓰고 왔는데 태윤이는 오지도 않았구나. 안타까워서 어쩌니.

요란하게도 꾸미고 왔네. 도대체 뭘 기대한 거야.

결혼식의 정해진 모든 순서가 끝난 후, 마지막으로 신랑과 신부가 화려한 조명과 크게 울리는 음악 속에서 행복한 표정을 지으며 천천히 행진을 시작했다. 하객들은 모두 자리에서 일어나 그들을 향해 손뼉을 쳤다. 일부 친구들이 꽃가루를 뿌리고 폭죽을 터뜨리며 크게 환호성을 질렀다. 결혼식장의 분위기는 순식간에 요란하고 어수선해졌다.

나는 얼굴이 화끈거렸고 가슴이 답답해지면서 호흡이 점점 가빠졌다. 멀미가 난 것처럼 속이 울렁거리는 것 같기도 했고 몸도 으슬으슬 떨리는 것 같았다. 결혼을 축하하기 위해 손뼉 치며 소리를 지르는 하객들의 모습이 마치 나를 비웃고 놀리는 것처럼 느껴졌다.

나는 더 참지 못하고 결국 결혼식장에서 도망치듯 빠져나왔다. 발이 아픈 건 아랑곳하지도 않고 뛰다시피 걸어 로비를 통과했다. 중간에 발을 헛디디며 넘어질 뻔했지만 아무렇지 않은 듯 벗겨진 구두를 재빠르게 다시 신고 엘리베이터를 탔다. 잠시 뒤 엘리베이터 문이 열리자마자 나는 튕겨 나가듯 건물 밖으로 뛰쳐나왔다.

*

 정오가 막 지난 시간의 햇살은 강렬했고, 갑자기 밝은 곳으로 나온 나는 손으로 해를 가리며 눈을 찡그렸다. 환한 빛에 눈이 익숙해진 후 나는 천천히 주위를 둘러보았다. 하늘은 여전히 맑았고, 기온은 오전보다 더 올라 다소 덥게 느껴졌다. 가벼운 옷차림의 사람들이 여유롭게 거리를 걸었고, 도로 위 차량은 날렵한 차체를 반짝이며 경쾌하게 지나다녔다. 길 건너편으로 보이는 공원의 나무에는 가지마다 싱그러운 연초록 잎이 무성했다. 나는 거리의 풍경을 천천히 둘러보다가 가만히 눈을 감고 잠시 햇볕을 쬐었다. 그리고 깊게 호흡하며 신선한 공기를 마셨다. 한결 기분이 편안해지며 몸 상태가 서서히 정상적으로 돌아오는 게 느껴졌다. 나는 어딘가 앉고 싶어졌고, 그래서 길을 건너 공원으로 향했다.

 공원 벤치에 앉자마자 발의 통증이 다시 느껴졌다. 조심스럽게 구두를 벗어보니 예상대로 계속 쓸리던 엄지발가락 부분의 피부가 결국 벗겨져 이미 피와 진물로 엉망이었다. 벗겨진 부위를 손가락으로 살짝 건드리니 쓰라린 통증이 느껴졌다. 아연한 표정으로 상처를 보고 있으니 나도 모르게 헛웃음이 터져 나왔다. 웃음은 계속 나왔고, 나는 멈출 생각도 없이 그렇게 한참 동안 조용히 소리 내 웃었다. 혼자 벤치에 앉아 신발을 벗고 웃는 것 같기도, 어찌 보면 흐느끼는 것 같기도 한 내 모습이 다른 사람들에게 흡사 정신 나간 여자처럼 보일 수도 있었지만 지금 그런 건 아무래도 상관없었다.

겨우 웃음을 멈추고 나니 그제야 오늘 나의 모습이 얼마나 어이없고 바보 같은지 깨달았다. 선배의 결혼을 꼭 축하해 주고 싶다는 이유로 결혼식에 참석해놓고는 정작 선배에겐 인사도 하지 못했다. 동아리 사람들에게 나는 오랜만에 나타나서 인사도 없이 갑자기 사라진 이상한 애가 되어버렸다. 그리고 무엇보다 내가 결혼식에 오기 전까지 온갖 고민을 하게 하고 신경을 쓰게 만들었던 태윤은 결혼식에 오지도 않았다. 결국 가장 친한 선배의 결혼식에 늦잠이나 자서 오지 않는 무심하고 형편없는 자식 때문에 나는 혼자서 끙끙거리며 며칠간 저녁밥을 굶었고, 평소엔 신을 생각도 안 하는 불편한 신발을 신어 발을 엉망진창으로 만들었다.

나는 오늘 뭘 한 걸까? 무엇 때문에 이곳에 온 걸까? 내가 기대한 건 도대체 무엇이었을까? 모든 게 억울했고, 원망스러웠으며, 무엇보다 나 자신이 한심하게 여겨졌다.

정말 모든 것이 최악이었다.

*

공원은 화창한 봄 날씨를 만끽하러 나온 사람들로 붐볐다. 어린아이와 함께 나온 부부, 반려동물과 함께 산책하는 사람, 데이트 중인 젊은 연인, 삼삼오오 소풍을 나온 친구들. 모두 즐거운 표정으로 완벽한 날씨가 선사하는 기분 좋은 시간을 즐기는 중이었다. 그들 모두가 지금 이 순간만큼은 자신들에게 최고로 멋진 하루를 보내고 있는 것처럼 보였다.

물끄러미 사람들을 바라보고 있으려니 스스로가 더욱더 초라하게 느껴졌다. 이렇게 가만히 있다가는 끝도 없이 비참해질 것만 같아 기분 전환이라도 할 겸 노래를 듣기 위해 핸드백 안에 손을 넣어 이어폰을 찾았다. 그 순간 손끝에 바스락거리는 촉감이 닿았다. 문득 생각이 떠올라 바스락거리는 걸 손으로 움켜쥐어 꺼냈다. 그건 바로 아까 지하철역에서 만난 할머니에게 받은 초콜릿 세 알이었다.

멋대로 구겨진 투명한 비닐 포장에 쌓인 작고 까만 덩어리들을 물끄러미 바라보고 있으니 마치 신비로운 힘을 가진 마법의 알약처럼 보였다. 나는 초콜릿을 잠시 옆에 내려놓고 핸드백 안에서 다시 이어폰을 찾아 귀에 꽂았다. 그리고 스마트폰으로 음악을 검색해 아침에도 들었던 「Easy」를 재생시켰다. 이어폰을 통해 피아노 인트로가 흐르기 시작하자 나는 초콜릿 한 알을 집어 포장지를 벗겨 입에 넣었다. 그리고 그것을 살짝 깨물어 혀 위에서 천천히 녹였다.

    귀에는 감미로운 멜로디가 흘렀고, 입안에는 쌉싸름하면서도 달콤한 초콜릿의 풍미가 가득 감돌았다. 공원의 나무가 바람에 흔들리며 그 사이로 비치는 햇살이 잘게 부서졌고, 땅 위의 그림자가 나무와 함께 춤을 추었다. 음악과 초콜릿, 그리고 바람과 햇살은 그렇게 마법을 부린 듯 순식간에 나를 평화로운 순간으로 이끌었다. 나는 머리끈을 꺼내 바람에 날리는 머리칼을 뒤로 묶고 나머지 두 개의 초콜릿도 연달아 입에 넣어 부드럽게 녹여 먹었다. 울적하고 조금은 흥분상태였던 기분이 차분하게 가라앉았고, 지쳐있던 몸에서 조금씩 기운이 나는 듯했다. 불어오는 바람에서 은은한 꽃향기가 느껴져 나는 지그시 눈을 감고 숨을 깊게 들이마시며 그 향기를 음미했다.

왜인지 이유는 알 수 없지만 갑자기 무작정 걷고 싶다는 생각이 들었다. 오늘 이 완벽하게 멋진 날씨를 만끽하며 최대한 천천히, 그리고 최대한 멀리 혼자서 걷고 싶었다. 그 후에 몸이 조금 지쳤을 때쯤 맥주를 마셔야겠다고 생각했다. 머리가 지끈거릴 정도로 차갑고 맛있는 맥주를. 타코 같은 가벼운 음식과 함께라면 더 바랄 게 없을 것 같았다. 그 순간엔 정말 누구보다 행복할 것 같았다.

그리고 무엇보다 지금 바로 편한 운동화를 사자고, 그래서 내 발에 맞는 편한 신발을 신고 편한 걸음으로 지금부터라도 나를 위한 시간을 가져보자고 생각했다. 남의 시선이 아닌 나 자신을 위해 이토록 멋진 하루를 온전히 마음을 다해 즐겨보자고 다짐했다.

파주 가는 길

이제는 엄마의 아름다웠던 모습을 보고 싶어도 볼 수가 없고, 내가 운전하는 차를 타고 같이 여행을 갈 수도 없다. 엄마를 위해 어떻게 해야 하는지, 무엇을 해야 하는지 이제 겨우 알게 된 것 같은데 엄마는 내 곁에 없다. 이제 내가 할 수 있는 일이란 자주 엄마를 만나러 오고 자주 추억하는 것뿐이다. 엄마의 기억이 희미해지지 않도록 계속 떠올리는 것뿐이다.

파주 가는 길

"경기도 파주시 조리읍……"

침대 헤드 보드에 베개를 세워 등을 기댄 채 스마트폰 지도 앱의 검색창에 목적지 주소를 한 글자 한 글자 입으로 소리 내어 읽으며 입력했다. 그리고 출발지를 집으로 설정하여 경로 검색 버튼을 눌렀다. 지도 위에 최적 경로로 집부터 도착지까지 파란 선이 그려졌다. 나는 선에 표시된 번호를 순서대로 따라가며 화면 아래 적혀있는 설명을 천천히 읽어 나갔다.

우선, 집 앞 교차로에서 좌회전 후 북악터널 방면으로 진행하다가 1차로에 있는 내부순환로 램프로 진입. 내부순환로를 따라 성산대교 북단까지는 계속 직진. 이후 강변북로에 진입하여 고양 방면으로 약 3㎞ 이동 후 남고양IC에서 빠져나와 수원-문산 고속도로로 진입. 고속도로를 타고 약 22㎞를 별다른 특이 사항 없이 주행하다가 금촌IC가 나오면 금촌 방면으로 진출. IC에서 빠져나오면 곧바로 금촌 교차로인데 거기서 좌회전. 약 5㎞ 정도 더 가다 보면 나오는 광탄 교차로에서 좌회전하여 조금만 더 가면 드디어 목적지에 도착.

총거리는 48.5㎞, 소요 시간은 1시간 11분. 하지만 이 시간은 차량이 많지 않은 심야 시간대 도로를 규정 속도로 주행할 경우로 계산된 시간이다. 오전엔 지금보다 차량이 많을 것이고, 나는 분명 규정 속도보다 천천히 운전할 것이며, 최소 한 번 이상은 IC나 교차로에서 실수를 범해 먼 길로 돌아야 할 상황이 발생할 테니 시간은 아무리 못해도 한 시간 반 이상 걸린다고 보는 게 맞을 것이다.

나는 한 번 더 시뮬레이션해 보려했지만 머릿속이 어느새 의심과 걱정으로 가득 차 내 눈은 그저 지도 위 파란 선을 공허하게 바라보기만 했다. 괜한 짓을 하려는 건 아닐까? 고속도로에서 천천히 달리면 더 위험하다던데. 어쩌면 다른 차에 피해를 주는 걸지도 몰라. 만에 하나 사고라도 나면 어떻게 하지? 별별 생각들이 떠오르기 시작하자 슬슬 긴장되기 시작하면서 어깨가 한껏 움츠러들었고 나도 모르게 몸에 힘을 잔뜩 쥐게 되었다.

"늦었는데 안 자고 뭘 그렇게 멍하니 보고 있어?"

거실에 있던 남편이 어느새 문을 열고 방으로 들어오며 내게 물었다.

"아, 아니, 그냥. 이것저것."

나는 갑작스러운 남편의 등장에 놀라 황급하게 스마트폰을 끄고 침대 옆 협탁 위에 내던지듯 올려놓았다. 남편은 다행히 별다른 질문은 더 하지 않고 침대에 누웠다. 내가 뭘 하는지 궁금했다기보다는 그냥 별생각 없이 물어본 게 아닐까 싶었다. 남편은 이불을 턱밑까지 끌어 올리며 자신은 먼저 자겠다고 말했다.

"응, 잘 자."

나는 등 뒤에 세워 놓았던 베개를 내린 뒤 스탠드를 끄고 침대 위에 몸을 눕혔다. 한 번 더 지도를 보고 싶었지만, 내 계획을 남편이 지금 알게 하고 싶지는 않았다. 확실하게 마음의 결정을 한 뒤 나중에 얘기해도 문제 될 건 없었다.

사실 벌써 여러 번 보았던 경로였기에 이미 다 외운 상태였다. 나는 눈을 감고 어둠 속에 지도를 떠올렸다. 그리고 그 위에 천천히 파란 선을 그리기 시작했다. 선이 그어지는 방향과 속도에 맞춰 나는 엑셀과 브레이크를 밟고,

깜빡이를 켰다 끄고, 핸들을 좌우로 돌렸다. 그렇게 목적지에 도착하고 나자 나는 그대로 잠이 들었다.

*

대학교를 졸업하고 취업 준비를 하며 처음 운전을 배우려고 마음먹었을 때, 솔직히 난 내가 운전에 어려움을 겪으리라고는 전혀 생각하지 않았다. 운동신경은 부족했지만, 덤벙거리지 않는 신중한 성격이었고 집중력도 좋은 편이었다. 학생 때 체육 실기시험을 보면 부족한 운동능력을 악착같은 집중력으로 보완했고, 결국엔 항상 높은 점수를 받곤 했다. 그랬기에 나는 당연히 운전도 별문제 없이 곧잘 할 수 있을 거라 자신했다.

그런데 그렇지 않았다. 운전학원을 등록하고 처음 운전대를 잡자 내 의지와는 상관없이 심장은 요동쳤고, 시야는 좁아졌으며, 온몸에서 식은땀이 쏟아졌다. 처음이라 그렇겠거니 했는데 시간이 흐르고 연습이 반복되어도 증세가 크게 나아지질 않았다. 실수가 계속되었고 과연 내가 운전면허를 딸 수 있을지 진지하게 걱정되기 시작했다.

그래도 포기하지 않고 어떻게든 하니 정말 다행스럽게도 실기시험은 세 번 만에, 주행시험은 두 번 만에 합격했다. 물론 고비가 없진 않았다. 두 번째 주행시험에서 코스의 막바지까지 큰 실수 없이 마쳐 이제 됐다고 생각한 순간, 난 길가에 세워진 차량을 박을 뻔했다. 다행히 충돌 없이 아슬아슬하게 지나갔는데, 감독관은 외마디 비명과 함께 비난이 가득 담긴 눈빛으로 나를 쏘아보았다. 이번에도 틀렸구나, 라고 생각했는데 고맙게도 감독관은 날 합격시켜 줬다. 아마 내 표정이 불합격을 받는다면 마치 한강 다리에라도 갈 것처럼 절망적으로 보였던 게 아닌가 싶다.

그렇게 어렵게 면허는 땄는데, 안타깝게도 이후에 운전할 기회가 없었다.

우선 우리 집에는 차가 없었다. 내가 아주 어렸을 적, 그러니까 1980년대 말에 아빠는 동대문시장에 공급되는 의류를 가공하는 작은 공장의 사장이었고, 공장은 나름 견실하게 운영되고 있었다. 그리고 우리 집은 당시엔 흔치 않았던 자가용이 있는 집이었다. 「슈퍼살롱」이라는 이름도 거창한 세단이었다. 그 시절 학교에서는 학생들을 상대로 이것저것 조사하면서 집에 차 소유 여부도 조사하곤 했는데, 실눈을 뜨고 몰래 보니 자동차가 있다고 손든 아이가 10명이 채 되지 않았다. 그래서 나는 다시 눈을 감고 들었던 손을 내리며 나름 자부심을 느꼈다.

그런데 내가 열두 살이 되었을 때 아빠의 공장이 부도

가 났고 우리 집의 환경은 급변했다. 자동차는 물론이고 집도 팔아야만 했다. 우리는 혜화동의 번듯한 단독주택에서 삼양동의 가파른 언덕 위에 있는 반지하 월세방으로 옮겨야만 했다. 다행히 시간이 흐르면서 집의 경제 상황은 조금씩 나아졌고, 우리는 비록 크기는 작지만 깨끗한 아파트로 옮길 수 있었다.

하지만 아빠는 자동차를 다시 사지 않았다. 집안 살림이 그 정도까지 나아지지 않았던 건지도 모르고, 어쩌면 그냥 필요하지 않았던 걸 수도 있었다. 어쨌든 우리 가족은 그렇게 자동차가 없는 생활에 익숙해졌다. 어디를 가든 대중교통을 이용하는 걸 당연하게 여겼고, 운전해서 먼 곳으로 여행을 가는 건 우리 가족에겐 해당하지 않는 경험이었다. 그래서 난 자연스럽게 어렸을 적부터 운전이라는 행위 자체에 관심을 가질 일이 없었고 필요성도 크게 느끼지 못했다. 성인이 되어서도 굳이 운전면허가 필요하다는 생각은 하지 않았는데, 내가 그렇게까지 고생하며 운전면허를 딴 건 순전히 취업 준비를 하면서 뭐라도 도움이 될 만한 건 다 해놓자는 생각 때문이었다.

직장에 다니면서 돈을 벌기 시작한 이후에도 차를 사고 싶다거나 운전을 해보고 싶다는 생각은 들지 않았다. 취업 후에 만난 남편은 연애할 때부터 차를 소유하고 있었다. 그의 형에게 물려받은 오래된 소형차였는데, 그 차는 요즘엔 흔치 않은 수동변속기 차량이었다. 결혼 후에도 우리는 같은 차량을 이용했고, 나는 2종 자동변속기로 면허를 땄기 때문에 그 차를 운전할 수 없었다.

그렇게 난 면허를 딴 이후 거의 10년 동안 장롱 면허로 지냈다. 그래도 문제는 없었다. 출퇴근은 지하철이나 버스로도 충분히 할 만했고, 남편과 함께 어딘가를 다닐 때는 남편이 운전을 도맡았다. 교외 드라이브나 차를 운전해서 멀리 가는 여행은 남편이 가자고 하지 않는 이상 내가 먼저 제안한 적은 한 번도 없었다. 한 마디로 나는 운전과 전혀 관계가 없는 사람이었다.

그런데, 그랬던 내가 이제 직접 차를 운전해서 가고 싶은 곳이 생긴 것이다.

*

엄마는 4년 전 암 진단을 받았다. 유방암 4기였다. 왼쪽 유방을 절제했고, 약물치료와 방사능 치료를 시작했다. 겉으로는 내색하지 않았지만 엄마는 자신의 삶이 그리 오래 남지 않았다는 사실을 어렴풋하게 느끼고 있었다. 사실 엄마는 훨씬 이전부터 자신에게 암이 있다는 사실을 알고 있었다. 아마도 그때 바로 병원에 가서 검진을 제대로 받고 치료를 시작했더라면 분명 완치도 가능했을 것이다. 하지만 엄마는 그러지 않았다. 누구한테도 그 사실을 말하지 않았다.

나중에 엄마에게 직접 들은 얘기이지만, 그리고 그때는 그 마음을 절대 이해하지 못했지만, 엄마는 자신의 암 판정으로 가족의 일상이 다시 무너지는 게 무서웠다고 했다. 아빠의 사업 실패로 한번 무너졌다가 겨우 회복된 가족의 삶에 또다시 균열이 가는 것이 두려웠다고. 자신의 암이 가족들에게 피해를 줄 것만 같았고, 그래서 알려서는 안 될 것만 같았다고. 너무나 바보 같았지만, 엄마는 그렇게 생각했다.

엄마는 아무에게도 말하지 않고 가슴 어딘가에서부터 조금씩 퍼지고 있을 암세포를 애써 모른 척하며 그저 평소처럼 하루하루를 살았다. 어쩌면 엄마의 암은 경제적으로 힘든 집안을 다시 예전으로 되돌리기 위해, 그리고 회복된 일상을 어떻게든 계속 유지하기 위해 긴 시간 동안 남몰래 혼자서 품고 있었을 불안과 두려움, 그리고 외로움이 잉태시킨 건지도 몰랐다.

엄마의 투병 생활이 시작된 이후 우리 가족의 일상은 많이 달라졌다. 각자의 일정이며 생활 습관, 심지어 살림

살이의 배치까지 모든 건 엄마에게 맞춰질 수밖에 없었다. 분명 생소했고, 어느 정도 개인의 희생을 감수해야만 했으며, 그래서 불편할 수밖에 없었다. 하지만 그러한 것들이 엄마가 걱정했던 것처럼 우리 가족의 삶에 어떤 균열을 만든 것 같지는 않았다. 오히려 그동안 몰랐던, 어쩌면 타인보다 더 무관심했을지도 모를 엄마에 대해 알아 가는 시간이었고 엄마를 더 이해할 수 있는 시간이었다. 어떻게 보면 그 시간을 통과하며 우리 가족은 더 가까워졌고 더 단단해졌다. 그래서 진즉 엄마에게 그러지 못한 나를 원망했고, 그저 철없이 지낸 시간이 후회됐으며, 지나가는 하루하루가 소중하고 안타까웠다.

엄마는 4년여의 투병 끝에 결국 호스피스 병동의 침대 위에서 조용히 숨을 거두었다. 마지막 엄마의 모습은 어떤 고통도 없는 듯 마치 아이처럼 평화로운 표정이었다. 이제까지 아무도 모르게 혼자서만 짊어지고 있던 고통과 부담, 그리고 외로움의 무게를 모두 내려놓은 것 같은 모습에 나는 오히려 편안한 마음으로 엄마를 보내드릴 수 있었다.

아빠와 나는 엄마가 세상을 떠나기 이전부터 엄마를 어떻게 모셔야 할지 고민했다. 처음엔 양지바른 곳에 산골散骨을 하는 것도 생각했는데, 그렇게 엄마의 흔적이 세상에서 영영 사라져 버리는 건 아무래도 너무 아쉬울 것 같았다. 비록 작은 사물함 크기만 한 공간일지라도 엄마가 그리울 때 직접 가서 눈으로 보고 만질 수 있는 장소가 있는 게 좋을 것 같았다. 그래서 우리는 고민 끝에 엄마의 유골을 추모 공원에 모시기로 했고, 주변 사람들에게 수소문하여 서울에서 멀지 않은 파주의 한 추모 공원을 알아보았다.

미리 계약을 위해 찾아간 그곳은 시설도 시설이지만 무엇보다 산으로 둘러싸인 주변 풍광이 매우 아름다웠다. 자연 풍경을, 특히 봄과 여름의 초록빛을 좋아했던 엄마의 마음에 들 만한 곳이었다.

단점이 하나 있다면 대중교통 접근성이 그리 좋지 못하다는 점이었다. 차를 이용하면 한 시간 정도 걸리는 곳이 대중교통으로 가면 지하철과 버스를 여러 차례 환승 해 거의 세 시간이나 소요되었다. 하지만 추모 공원에 갈 때는 남편과 함께 갈 것이고, 남편이 운전하는 차를 이용하면 되니 대중교통 접근성이 나쁘다는 건 그리 큰 문제는 아니었다. 우리는 그 추모 공원으로 결정했고, 엄마의 장례가 끝난 후 유골함은 곧바로 그곳에 안치됐다.

엄마를 보낸 후 시간이 얼마 안 지나서인지는 몰라도 나는 엄마가 자주 그리웠고 보고 싶었다. 시도 때도 없이 문득문득 엄마 생각이 났고, 책이나 텔레비전에서 엄마라는 단어를 보거나 듣게 될 때는 말할 것도 없었다. 언젠가 한 번은 동네 헬스클럽에서 운동을 마치고 샤워를 하고 있는데, 아무리 젊게 봐도 오십을 훌쩍 넘었을 것 같은 두 아주머니의 대화가 등 뒤에서 들렸다.

"엄마 보내느라 고생했어. 그래도 마지막엔 편안하게 가셨으니 호상이지."

"더 오래 사실 줄 알았는데 아쉽지, 뭐. 그래도 아흔은 넘기실 줄 알았는데."

엄마보다 살짝 어려 보이는 분의 어머니가 아흔 살이 조금 못 되어 돌아가신 것 같았다. 작은 샤워장 안에서 물줄기가 떨어지는 소리와 함께 또렷하게 울리는 그들의 대화를 듣고 있으니 엄마는 세상을 참 빨리도 떠났다는, 난 이제 겨우 삼십 대인데 벌써 엄마 없는 딸이 되었다는 생각이 들었다. 그러자 뜨거운 무언가가 가슴속 깊은 곳에서 갑작스럽게 올라오는 게 느껴졌고 결국 눈물이 왈칵 쏟아졌다. 나는 샤워기의 물줄기로 흐르는 눈물을 숨긴 채 한동안 소리죽여 흐느꼈다.

매 순간 엄마가 그리웠지만 그럴 때마다 추모 공원에 가는 건 현실적으로 쉽지 않았다. 남편은 언제든지 괜찮다고 말했지만 계속해서 남편에게 같이 가자고 하는 것도 왠지 미안하고 부담스러웠다. 그렇다고 혼자서 대중교통을 이용해 다녀오는 것도 엄두가 나지 않았다.

그래서였다. 운전을 시작해 보자고 생각한 건, 내가 직접 운전해서 엄마를 만나러 가보자고 결심한 건.

*

때마침 남편의 지인이 새 차를 사면서 타던 차를 저렴하게 넘기겠다는 제안을 해왔다. 차의 상태도 좋았고 가격도 만족스러웠기에 남편은 제안에 솔깃해했지만, 지금 차와 오랫동안 함께 하며 정이 깊게 들어서인지 쉽사리 결정을 못 내리고 주저했다. 나는 남편의 심정을 이해 못 하는 건 아니었지만 마침맞게 찾아온 기회를 놓치기 싫었다. 그래서 남편에게 기존 차가 계속 타고 다니기에는 너무 오래된 것 같다, 안전 사양도 요즘 차만큼 좋지 못해 만에 하나 사고라도 난다면 위험하지 않겠느냐, 그리고 차가 너무 오래돼서 솔직히 타고 다니기에 조금 창피한 것도 사실이다, 그러니 이 기회에 차를 바꾸자, 라고 적극적으로 주장했다.

차를 바꾸고 싶은 가장 큰 이유인 내가 운전을 해보고 싶다는 말은 숨긴 채 남편을 끈질기게 설득했다. 결국 남편은 설득에 넘어갔고, 우리는 마침내 비록 중고이긴 했지만 세련되고 깔끔한 하얀색 중형 세단으로 차를 바꾸게 되었다. 무엇보다 내 마음에 드는 건 자동변속기 차량이라는 것이었다.

나는 적당한 기회를 봐서 남편에게 차도 바꿨으니 이제 나도 운전을 해보고 싶다고 말했다. 물론 실제 목적은 말하지 않고 그냥 이렇게 있다가 정말 힘들게 배운 운전을 다 잊어버릴 것 같다고만 말했다. 남편은 내 예상과는 다르게 별다른 걱정이나 망설임 없이 흔쾌히 그렇게 하라고 했다.

"그럼, 애써 배웠는데 잊어버리면 아깝지."

그는 진지한 표정으로 이렇게 말했다. 그리고 잠시 뭔가를 생각하더니 이제 자신이 술 마셨을 때 나한테 운전을 시키면 되겠다는, 농담인지 진담인지 모를 말을 하며 킥킥거렸다. 웃기고 있네. 내가 술 마신 남편 대리운전이나 하려고 운전을 시작하려는 줄 알아? 남편에게 쏘아 붙여주고 싶은 말이 목구멍까지 올라왔지만 나는 남편의 말을 무시한 채 그저 미소만 지어 보였다.

면허를 딴 이후로 운전을 한 번도 안 해보았기에 차가 있다고 바로 운전할 수는 없었다. 연습이 필요했다. 주위에서 운전 연수는 절대 가족에게 받는 게 아니라는 말을 너무나 많이 들었고, 나도 남편에게 온갖 무시를 당하며 연습하고 싶은 생각이 절대 없었기에 인터넷 검색을 통해 괜찮아 보이는 운전 연수 서비스를 찾아 신청했다. 10시간에 20만 원이라는 비용이 분명 저렴하지 않았지만 운전을 시작하기 위해선 어쩔 수 없다고 생각했다.

연수 첫날, 운전대를 다시 잡으니 긴장이 되고 몸이 뻣뻣해지는 건 10년이 지난 지금도 여전했다. 조수석에 앉은 강사는 처음엔 당연히 그렇다고, 자신과 함께 연수를 마치고 나면 분명 자연스러워질 거라고 말하며 자신감 가득한 표정을 지어 보였다.

하지만 나에겐 운전이 자연스러워지는 시간이 10시간으로는 턱없이 부족했다. 예정된 시간의 연수를 모두 받았지만 운전대를 잡고 도로에 나갈 때 드는 긴장은 전혀 풀리지 않았다. 이대로는 도저히 혼자서 운전할 엄두가 나지 않았다. 결국, 난 어쩔 수 없이 그 비싼 연수를 두 번이나 더 받아야만 했다. 남편은 분명 많이 아까워하는 눈치였지만 가족 생활비가 아닌 내 개인 돈을 사용했기에 대놓고 별다른 말을 하진 않았다. 무엇보다 자신이 직접 해주겠다는 말도 하지 않았다.

세 번의 연수를 마친 후에도 떨리는 건 여전히 변함없었지만 굳게 마음을 먹고 우선 출퇴근부터 직접 운전을 시작해 보았다. 혼자 운전해서 출근길에 나선 첫날, 차로 10

여 분 정도밖에 안 걸리는 거리를 거의 혼이 나간 상태로 운전했다. 겨우 도착해 정신을 차려보니 손바닥엔 땀이 흥건했고, 승모근도 한껏 솟아올라 목과 어깨가 너무 아팠다.

    그렇게 극한의 긴장감을 느끼며 며칠간 운전을 하니 그래도 이전과 비교해서 조금이나마 운전이 자연스러워졌고 마음도 한결 가벼워진 걸 느낄 수 있었다. 여전히 다른 차들에 비하면 기어가듯 천천히 달렸고 차선 변경은 겁이 났지만, A4 종이에 한 장씩 크게 써서 뒷유리에 붙인 '초', '보' 두 글자가 나를 보호해 줌과 동시에 다른 차들의 짜증을 다소나마 가라앉혀 줄 거라 굳게 믿으며 꿋꿋하게 운전했다. 남편은 차에 붙은 종이를 보고 이렇게 붙여놓으면 뒤가 보이냐며 경악했지만 난 아무 대답도 하지 않았다. 솔직히 운전하며 룸미러로 뒤를 볼 여유 따윈 없었다.

    그렇게 조금씩 운전에 익숙해지고 점점 운행 거리가 늘어나게 되자, 나는 이제 드디어 혼자 엄마에게 갈 때가 되었다고 생각했다.

*

    "있잖아, 나, 혼자 운전해서 파주에 가보려고."

아침을 먹던 중 남편에게 슬그머니 나의 계획을 말했다. 아직 잠에서 덜 깬 얼굴로 콩나물국에 밥을 말아 한 숟갈 크게 떠 그 위에 김을 올려 입으로 가져가던 남편은 나를 보지도 않은 채 되물었다.

"파주?"

"응, 파주. 엄마한테 다녀오려고."

그제야 남편은 고개를 들고 살짝 놀란 눈으로 나를 쳐다보았다. 그는 나에게 시선을 고정한 채 입안의 음식물을 빠르게 씹어 삼킨 뒤 조금은 과장되게 걱정스러운 목소리로 말했다.

"가는 거야 좋은데, 그런데, 문제없겠어? 혼자 가도?"

"천천히 운전하면 괜찮을 것 같아. 오히려 큰 길이 운전하기에는 더 편하기도 하잖아."

나는 젓가락으로 콩나물국을 천천히 휘휘 저으며 말을 이었다.

"그리고, 엄마 보러 가고 싶어."

남편은 말없이 나를 바라보았다. 무언가 하고 싶은 얘기가 있는 듯한 표정이었지만 끝내 말하지 않았다. 그러더니 이내 평소대로 돌아온 목소리로 조금 걱정되긴 하지만 언젠간 경험해 봐야 할 거니 이번 참에 해보는 것도 괜찮겠다고 말했다. 지금 하는 것처럼 조심해서 천천히 운전하면 문제없을 거라고도 했다. 그러고는 다시 콩나물국을 떠서 먹기 시작했다. 이럴 때 보면 남편은 새삼 쿨했다. 아니면 무심하거나.

"그런데, 언제 가려고?"

"내일."

"내일?"

"응, 내일. 회사에는 연차 냈어. 오전에 갔다가 일찍 돌아올 거야."

남편은 다시 한번 놀란 눈빛으로 나를 쳐다보았다. 그의 눈빛에는 분명 걱정과 불안이 담겨있었다. 호기롭게 가도 좋다고 말은 했는데 막상 그게 내일이라고 하니 얘를 과연 혼자 보내도 되는 걸까 싶은 것 같았다. 나는 남편의 시선을 일부러 피하며 최대한 아무렇지 않은 척하려 노력했다. 파주에 다녀오겠다고 말했을 때부터 이미 가슴은 두근거렸고 몸이 떨리는 것 같았지만, 남편에게 그러한 모습을 들키고 싶지 않았다.

혼자 다녀오겠다고 말은 했지만 과연 아무 일 없이 잘 다녀올 수 있을지 솔직히 걱정되긴 했다. 머릿속엔 혼자 운전해서 파주로 가는 생각만 가득해 먹고 있는 음식의 맛도 느껴지지 않을 정도였다. 문득 바라본 국물 속 제멋대로 휘어진 콩나물의 모양이 지도의 경로 안내에 표시되는 방향 표시처럼 보였다. 우회전, 좌회전, 우측 출구, 좌측 출구, 그리고 어쩌면 유턴. 나는 눈을 한번 지그시 감았다가 뜨고는 살며시 머리를 좌우로 흔들었다. 그리고 작게 한숨을 내쉬고는 젓가락으로 콩나물을 집어 입에 넣고 천천히 씹었다. 남편은 그런 나를 힐끔힐끔 쳐다만 볼 뿐 별다른 말을 더 하진 않았다.

*

다음 날 아침, 남편은 평소와 다를 바 없이 아무렇지 않은 듯 출근을 준비했다. 하지만 괜한 헛기침을 해대며 내 눈치를 살피는 모습에서 분명 그가 나를 걱정하고 있다는걸, 나에게 하고 싶은 말이 있다는 걸 알 수 있었다.

"나 정말 최선을 다해 조심히 운전할게. 그러니 너무 걱정하지 마. 사고가 뭐 그렇게 쉽게 나는 것도 아니고. 괜찮아. 잘할 수 있을 거야."

나는 차분하고 다정한 말투로 남편을 안심시켰다. 격려를 받아야 하는 사람은 나였지만 지금 누가 누구를 격려하는 게 뭐 그리 중요할까 싶었다. 어쩌면 내가 운전하는 동안 걱정과 불안에 안절부절못하며 가슴을 졸이고 있을지도 모를 남편을 생각하니 그것도 불쌍하긴 했다. 현관문 앞에 가만히 서서 나를 빤히 바라보던 남편은 갑자기 두 팔로 나를 안아주며 등을 토닥여주었고, 잘 다녀오라고 말했다. 그리고 무슨 일 있으면, 아니 무슨 일이 없어도 자기한테 꼭 전화 달라고 신신당부했다. 남편도 적잖이 걱정되는 모양이었다. 나는 자신 있는 미소를 지으며 오른손의 주먹을 불끈 쥐어 보였다.

오전 9시 반에 집에서 나와 차에 탔다. 출근 시간대를 피해 가는 게 아무래도 운전하기에 수월하리라 판단했다. 스마트폰의 내비게이션에 목적지를 검색해 이미 수없이 보았던 것과 같은 경로가 설정된 것을 확인했다. 심호흡을 한 번 하고 시동 버튼을 누른 뒤 운전대를 잡자 반사 작용처럼 긴장이 되고 몸이 달아오르는 게 느껴졌다. 작게 켜져 있던 클래식 FM은 아예 꺼버렸다. 평소엔 마음의 안정을 위해 듣곤 했는데 오늘은 처음 가보는 길, 그것도 장거리를 가야 했기에 작은 음악 소리마저 조심스러웠다. 나는 눈을 감고 천천히 숨을 들이마시며 작은 목소리로 할 수 있다고 여러 번 주문을 외웠다. 잠시 후 눈을 뜨고 기어를 드라이브에 넣은 뒤 브레이크 페달 위에 올려져 있던 오른발을 살며시 들어 천천히 차를 움직였다.

도로에는 다행히 예상한 대로 차량이 많지 않았다. 내부순환로에 진입하기까지는 큰 문제가 없었고, 내부순환로에 진입한 이후에는 가장 바깥쪽 차선으로 시속 60㎞ 수준의 속도를 유지하며 천천히 달렸다. 내겐 이 속도도 느린 게 아니었지만 다른 차들은 분명 답답할 수 있는 속도였다. 하지만 내가 다른 차들을 위해 어떻게 할 수 있는 건 없었다. 분명 내 뒤에 오는 차들은 큼지막하게 써 붙여진 두 글자를 보고는 한숨을 쉬며, 또는 나를 가엽게 여기며 알아서 추월해 갈 것이다. 나는 오로지 앞차와의 간격을 충분히 여유 있게 유지하며 앞으로 나아가는 것에만 집중했다.

파란 하늘에 구름 한 점 없는, 햇살이 매우 좋은 날씨였다. 히터를 틀지 않았는데도 차 안의 공기는 여느 때와 달리 포근하게 느껴졌다. 유난히 추웠던 겨울도 이제는 완전히 물러가고 그만큼 봄이 성큼 다가온 듯했다. 용기를 내 핸들을 잡고 있던 왼손을 들어 창문을 살짝 내렸더니 아직은 서늘하지만 신선한 공기가 차 안으로 들어왔다. 그 공기를 살짝 들이마시자 기분이 상쾌해지는가 싶었지만, 이내 요란한 바람 소리에 정신이 사나워져 창문을 다시 올렸다.

어느새 차는 내부순환로에서 강변북로로 진입하는 램프에 도달했다. 나는 도로 위에 크게 적혀있는 '강변북로' 글씨를 따라갔고, 곧 널찍한 강변북로가 눈앞에 펼쳐졌다.

지금까지 별다른 돌발상황 없이 일정한 속도로 운전하다 보니 처음보다는 분명 마음에 여유가 찾아왔다. 그러자 왼편으로 드넓게 흐르고 있는 한강이 눈에 들어왔다. 부드럽게 달리고 있는 차의 움직임과 함께 시시각각 펼쳐지는 파란 하늘과 밝은 햇살, 그리고 한강이 만들어 내는 풍경은 나의 기분을 좋게 만들었다. 사람들이 이래서 교외로 드라이브라는 것을 가나 싶었다.

내 차 바로 앞에 달리는 차는 한눈에 봐도 굉장히 값비싸 보이는 커다랗고 유난히 반짝거리는 검은색 벤츠였다. 나처럼 초보운전인지, 아니면 바쁠 게 없는 사람인지 앞차도 나와 비슷한 속도로 달리고 있었다. 그 차량의 후미등만 바라보며 일정한 거리를 유지하려 집중하고 있는데 갑자기 그동안 까맣게 잊고 있던 어떤 기억 하나가 떠올랐다.

엄마는 내가 운전면허를 따자 마치 본인이 딴 것처럼 기뻐했다. 무슨 대단한 고시라도 합격한 것처럼 좋아하는 엄마에게 남들 다 따는 운전면허를 딴 게, 그것도 남들은 한 번에 쉽게 따는 걸 고생고생해서 이제야 겨우 딴 게 뭐 그리 기쁜 일이냐고 시큰둥하게 말했다. 하지만 엄마는 나의 반응은 크게 신경 쓰지 않는 듯했다.

"면허도 땄으니 이제 너도 빨리 돈 벌어서 차 사. 이왕이면 커다란 외제 차가 좋겠다. 엄마도 딸내미가 운전하는 차 한 번 타보자."

분명 가볍게 받아넘길 수 있는 농담 같은 말이었지만, 나는 기가 찬 표정으로 엄마를 바라보았다. 차를 사고 싶다는 생각이 전혀 없기도 했고 외제 차 운운하는 엄마가 괜히 어리석고 속물처럼 느껴졌다.

"월급 타면 학자금 대출 갚고 결혼자금 모으는 것만으로도 빠듯할 텐데 차를 살 돈이 어딨어요. 외제 차가 가격이 얼만지나 알아요? 더군다나 취업이 언제 될지도 모르는데 무슨 속 편한 소리 하고 있어 엄마는."

그렇게까지 할 필요가 없었음에도 나도 모르게 엄마에게 차갑게 쏘아붙였다. 그리고 나는 그대로 방으로 들어가 버려 대화는 거기서 끊겼다. 엄마가 나에게 차를 사란 얘기를 한 건 그때가 처음이자 마지막이었던 것 같다.

이제 와 생각해 보면 그때 엄마는 내가 운전면허를 땄다는 사실보다 자기 딸이 무언가를 이루어 냈다는 것 자체가 기뻤던 건지도 몰랐다. 어려워진 집안 형편 때문에 뭐 하나 충분하게 지원해 주지 못했지만, 그래도 큰 문제 없이 잘 자라 자신의 힘으로 대학까지 졸업하고 다가올 미래를 하나하나 준비해 나가는 딸이 대견하고 기특했을 수도 있다. 아마도 엄마에게 딸의 운전면허 취득은 그러한 성취를 티 내지 않고 간접적으로 기뻐하고 축하해 줄 수 있는 대체 수단 같은 거였을 것이다. 그러고 보면 엄마는 항상 그랬다. 좋아도 아닌 척, 아파도 괜찮은 척.

어쩌면 엄마는 실제로 딸이 운전하는 차를 한 번쯤 타보고 싶었을 수도 있다. 지하철이랑 버스면 어디든 충분하다고 말하던 엄마도 분명 누군가 운전해 주는 차를 타고 편안하게 다니고 싶었을 테고, 만약 딸이 운전하는 차를 타면 기분이 더욱더 남달랐을 것이다. 엄마는 단지 그 기분을, 너무나 초라할 정도로 소박한 행복을 느껴보고 싶었던 건지도 몰랐다.

그때 차를 빌려서라도 엄마를 한 번 태우고 어디론가 갔어야 했는데 철없고 이기적이기만 했던 당시의 난 그런 생각을 하지 못했다. 갑자기 내가 직접 운전하는 차에 엄마를 태워보지 못한 게 속상하게 느껴졌다. 이제는 엄마를 태워주고 싶어도, 엄마와 함께 이렇게 날씨 좋은 날 엄마가 좋아하는 초록의 자연을 보러 드라이브를 하러 가고 싶어도 그럴 수가 없다. 그 시기가 지나고 나면 하고 싶어도 할 수 없는 일들이 있다. 그때는 눈물을 흘리며 후회해도 아무런 소용이 없다.

"잠시 후 1㎞ 앞에서 수원-문산 고속도로 방면 오른쪽 출구입니다. 4차로를 이용해 주세요."

내비게이션의 안내 소리에 나는 현실로 돌아와 다시 긴장하고 운전에 집중했다. 앞에서 나와 비슷한 속도로 달리고 있던 벤츠는 어느샌가 사라져 보이지 않았다. 나는 잠시 들었던 감상적인 생각은 떨쳐 버린 채 내비게이션의 화면과 도로 표지판에 집중하며 약 30㎞ 정도 남은 경로를 계속 운전해 나갔다.

*

다행히 추모 공원까지 큰 문제는 없었다. 고속도로에서 빠져나와 국도를 달리던 중 교차로 하나를 지나쳐 먼 길을 가 유턴해서 돌아오긴 했지만, 그 정도는 미리 계산에 넣어두었던 실수였다. 오히려 예상보다 수월하게 도착했다는 사실에 스스로 놀랐다.

추모 공원의 주차장에 진입하여 양옆이 비어있는 넉넉한 공간을 찾아 조심스럽게 주차까지 마쳤다. 주차 브레이크를 올리고 시동을 끄고 운전대에서 손을 내리자 나도 모르게 큰 한숨을 뱉어냈다. 가슴 속에 억지로 담아 두었던 불편한 무언가를 마침내 토해내는 듯한 한숨이었다. 그러자 지금까지 내가 느끼고 있던 긴장감이 한순간에 풀렸다. 내 몸 안에서 나를 지탱하고 있던 견고한 무언가가 소리도 없이 무너져버린 느낌이었다.

그렇게 멍하니 계기판을 바라보고 있으니 갑자기 콧잔등이 시큰거리고 눈가가 뜨거워지면서 눈물이 흐르기 시작했다. 갑자기 왜 눈물이 흐르는지 알 수 없었다. 무사히 도착했다는 안도감에 흘리는 눈물인지, 아니면 그저 엄마를 본다는 사실에 감정이 북받쳐 흐르는 눈물인지, 그것도 아니면 이제는 이곳에 혼자 올 수 있을 정도로 운전을 할 수 있게 되었지만 태워 줄 엄마가 곁에 없다는 서러움에 흐르는 눈물인지 도무지 알 수가 없었다. 흐르는 눈물을 굳이 참으려 하지는 않았다. 나는 그대로 차 안에 앉아 오랜 시간을 천천히 울었다.

평일 오전의 추모 공원은 예상보다 더 한산했다. 정면으로 햇빛에 반짝이는 하얀 색 대리석 건물이 보였다. 엄마는 저 안에 계신다. 그리고 이제 엄마가 그리울 때마다 나 혼자 스스로 이곳으로 올 수 있게 됐다. 나는 허탈한 미소를 살짝 짓고는 휴지로 눈물을 닦은 뒤 거울에 얼굴을 확인하고 차에서 내렸다. 바깥 공기가 기분 좋게 서늘했고 밝게 내리쬐는 햇볕은 따스했다. 나는 차 문을 잠그고 천천히 추모관 건물을 향해 걸어갔다.

엄마의 유골함 위치는 아래에서 두 번째 칸이었다. 나는 바닥에 그대로 엉덩이를 깔고 앉아 엄마의 이름이 적힌

매끈하면서 묵직해 보이는 하얀색 도자기를 마주했다. 엄마의 유골함 옆으로 함께 넣어놓은 사진들이 보였다. 사진 속에서 엄마는 활짝 웃었고, 가족과 함께 장난스러운 자세를 취했으며, 나와 단둘이 간 해외의 유명 관광지 앞에선 행복한 표정을 지었다.

사진 속 엄마는 참으로 아름다웠고 고왔다. 살아계실 땐 엄마의 그러한 모습을 몰랐다. 몰랐다기보다는 신경 써서 알려고 하지 않았다. 지금 나에겐 더없이 작아지고, 지치고, 때때로 고통스러움에 괴로워하던 투병 시기의 엄마 모습이 어쩔 수 없이 뇌리에 가장 크게 남아있다.

이제는 엄마의 아름다웠던 모습을 보고 싶어도 볼 수가 없고, 내가 운전하는 차를 타고 같이 여행을 갈 수도 없다. 엄마를 위해 어떻게 해야 하는지, 무엇을 해야 하는지 이제 겨우 알게 된 것 같은데 엄마는 내 곁에 없다. 이제 내가 할 수 있는 일이란 자주 엄마를 만나러 오고 자주 추억하는 것뿐이다. 엄마의 기억이 희미해지지 않도록 계속 떠올리는 것뿐이다.

나는 사진 속 엄마를 바라보며 속삭였다.

"엄마, 나 무사히 잘 왔어요. 나 혼자 운전해서. 엄마 딸 대단하지?"

엄마는 말없이 나에게 미소 지었다.

"앞으로 자주 올게요. 그러니까 혼자서 너무 외로워하지 말고, 언제까지 그렇게 아름답게 있어 줘요."

창밖으로 추모공원을 둘러싸고 있는 산이 보였다. 산의 나무들은 밝은 햇빛 아래에서 아직은 앙상한 가지를 드러냈지만, 시간이 조금 더 흐르고 날씨가 따뜻해지면 나뭇가지에 물이 차오르고 싱싱한 연초록의 잎들이 돋아나 금세 푸르게 무성해질 것이다. 곧 엄마가 좋아하는 풍경이 창밖으로 펼쳐질 것이다.

나는 무릎을 세우고 양팔로 감싼 채 엄마가 바라보는 창밖 풍경을 함께 바라보며 그렇게 한참을 앉아있었다.

수면 아래에서

어쩌면 누군가는 그저 반복되는 나날을 무심히 살아갔고, 그 사이 누군가는 영원히 돌아올 수 없는 먼 여행을 떠났다. 그리고 누군가는 고요함 속에 우두커니 앉아 돌아오지 않는 누군가를 끝없이 그리워했다.

수면 아래에서

1부

"수겸 오빠!"

설계실 자기 자리에서 아이팟 클래식으로 노래를 들으며 책을 보고 있던 수겸은 자신을 부르는 목소리에 귀에 꽂힌 이어폰을 빼고 고개를 들어 옆을 보았다. 은정이었다. 수겸을 만나 기분이 좋은 듯 이 시간에 설계실에는 웬일이냐고 묻는 은정의 표정이 생글생글했다.

"오전 교양수업이 있었는데 휴강됐어. 교수님 아버지가 돌아가셨대. 그래서 시간이 비었는데, 딱히 갈 곳도 없고 해서."

수겸은 대답하는 동안 은정의 옷차림새에 눈길이 갔다. 그녀는 면 소재의 하얀색 미니 원피스와 짙은 남색의 재킷을 입었고 커다란 가죽 토트백을 한쪽 어깨에 메고 있었다. 어깨까지 내려오는 머리카락은 살짝 젖어있는 듯했고 얼굴엔 평소 안 하던 화장도 한 것 같았다. 편안한 캐주얼 차림에 화장기 없던 평소 모습과 비교해 보면 오늘 그녀의 모습은 많이 달라 보인다고 수겸은 생각했다.

"그랬구나. 뭐 보고 있었어요? 책이 뭔가 어마어마해 보이는데?"

은정은 두꺼운 양장본 책에 시선을 보내며 물었다. 수겸이 책을 덮어 보여준 표지에는 『현대서양건축』이라는 제목이 하얀색 한자로 커다랗게 적혀 있었다.

"이제 슬슬 서양건축사 수업 발표 준비해야 하니까."

"오빠, 누구였지?"

"미스."

"맞다, 미스. 미스면 자료 많잖아. 준비하기 쉽겠네. 오빤 좋겠다. 난 그로피우스잖아. 바우하우스 말고는 뭘 어떻게 정리해야 할지도 모르겠다구요. 자료도 잘 못 찾겠고. 망했어, 정말."

은정은 옆 책상에서 의자를 끌어와 수겸의 옆에 앉으

며 투정을 부리듯 말했다. 옆에 바짝 앉는 바람에 그녀의 하얀 무릎이 수겸의 허벅지에 닿았다. 수겸은 자신도 모르게 시선이 간 그녀의 다리에서 얼른 눈을 떼고 의자의 가장자리로 몸을 살짝 이동해 그녀에게서 떨어졌다.

"자료가 많으면 정리하기 더 어려워. 적으면 오히려 단순하고 더 좋지."

수겸은 읽고 있던 책을 책상 위 작은 책꽂이에 꽂으며 말했다.

"에이, 별로 그럴 것 같진 않은데? 그러면 나랑 발표 건축가 바꿀래요? 정리하기 더 쉽다면서요. 바꾸자아."

수겸의 오른팔을 양손으로 잡고 천천히 흔들면서 조르듯 말하는 은정의 눈길을 피하며 수겸은 얼버무렸다.

"이미 다 결정된 걸 어떻게 바꿔. 교수님한테 혼나 그럼."

"칫, 거봐. 자기도 그로피우스는 하기 싫은 거면서."

은정은 잡고 있던 수겸의 오른팔을 퉁명스럽게 살짝 밀어내었다. 수겸은 별다른 대꾸 없이 미소만 지었다. 그리고 아이팟의 전원을 끈 뒤 이어폰을 뽑아 꼬이지 않게 조심스럽게 감으며 은정에게 물었다.

"그런데 너야말로 이렇게 이른 시간에 웬일이야? 오늘은 오전에 전공 수업도 없는데."

"웬일이긴, 오빠가 있을 줄 알고 보러 왔죠."

장난기 가득한 목소리로 은정이 대답하자 수겸은 살짝 얼굴이 붉어졌다. 매번 농담인지 진담인지 모를 은정의 말에 수겸은 어떻게 대답해야 할지 도저히 갈피를 잡을 수 없었다.

"뭐라는 거야. 장난치지 마."

당황한 수겸의 표정이 재미있다는 듯 은정은 작은 소리로 쿡쿡 웃었다. 그러고는 책상 위에 놓여 있던 아이팟을 들어 전원을 켰다.

"맨날 무슨 노래를 그렇게 듣고 있어요?"

작은 액정화면에 방금까지 듣고 있던 노래의 앨범 표지 이미지와 곡명이 표시되었다.

"언니네 이발관? 2002년의 시간들? 무슨 노래예요? 처음 들어보는데."

"언니네 이발관이라고, 그래도 나름 꽤 유명한 인디밴드인데. 모르니?"

"언니네 이발관. 음, 들어본 것 같기도 하고, 아닌 것 같기도 하고. 노래를 들어보면 알려나? 나 한번 들어볼래요."

은정은 수겸이 쥐고 있는 이어폰을 가리키며 달라고 했다. 수겸은 아이팟을 만지작거리고 있는 은정을 잠시 바라보았다. 그녀가 매번 자신에게 먼저 말을 걸어줄 때마다, 그리고 조금은 짓궂기도 한 장난을 칠 때마다 수겸은 분명 즐거웠다. 하지만 동시에 부담스러운 것도 사실이었다. 자신을 향한 그녀의 진심이 무엇인지 알 수 없었기에 그때마다 수겸의 머릿속은 복잡해졌다.

조금 머뭇거리다가 이어폰을 은정에게 건네려는 순간, 두 사람의 뒤에서 익숙한 목소리가 들렸다. 느리고 조용하면서 뾰족한 데가 없어 상대방에게 쉽게 친근함을 느끼게 하는 목소리. 마치 골목길에서 우연히 마주친 얌전한 새끼 고양이와 같은 목소리.

"최은정. 너 또 수겸이 괴롭히고 있구나."

수겸의 자리가 있는 공간을 둘러싼 칸막이 뒤편에 민호가 서 있었다. 수건을 목에 걸고 칸막이 위에 양팔을 올린 채 서 있는 그의 눈에는 졸음이 가득 해 보였다.

"깜짝이야. 안녕, 민호 오빠. 언제부터 거기 있었어요?"

"자리에서 엎드려 자고 있는데 최은정 니 목소리 때문에 깼다. 어찌나 목소리가 또랑또랑한지."

"형, 설마 어제도 설계실에서 밤샌 거예요?"

민호는 오른손으로 입을 가리고 크게 소리를 내며 늘어지게 하는 하품으로 대답을 대신했다. 모두가 인정하는 건축과의 우등생인 민호는 실력도 좋았지만 누구보다 열심이었다. 집에도 안 들어가고 설계실에서 밤새 건축 관련 책을 읽거나 설계 작업을 하는 경우가 다른 학생들에 비해 월등히 잦았다. 본인은 집이 멀기 때문에 아침 일찍 나오려면 힘들어서 집에 안 들어가는 거라고 말했지만, 단순히 그런 이유만이 아니라는 건 건축과의 모든 학생이 알고 있는 사실이었다.

"오빠, 집에 좀 들어가서 자고 제발 깔끔하게 씻고 다니고 그래요. 왜 멀쩡하게 잘생긴 사람이 그러고 다녀. 어휴, 아저씨처럼."

살짝 미간을 찌푸리며 장난스럽게 말하는 은정에게 민호는 팔짱 꼈던 손을 풀고 목에 걸린 수건의 양 끝을 들어 올리며 특유의 목소리로 능글맞게 말했다.

"이것 봐, 안 그래도 이제 씻으러 갈 거야. 다녀올 테니 같이 점심이나 먹으러 가자."

"형, 이제 겨우 열 시 조금 넘었어요."

"배고프면 먹는 거지 시간이 뭐가 중요하니. 잠깐만 기다리고 있어. 나 금방 씻고 올게. 그리고, 야 최은정, 수겸이 옆에서 좀 떨어져라. 수겸이 엉덩이가 의자에 반만 걸쳐있네. 조금만 더 가면 떨어지겠다."

"아이 정말, 이름에 성 좀 붙여서 부르지 말아요. 성까지 붙인 이름을 들으면 괜히 싫더라. 그리고 수겸 오빠야 내가 좋아하니까 붙어 있는 건데 뭐 어때."

은정의 대답에 민호는 무표정한 얼굴로 그녀를 잠시 바라보다가 이해할 수 없다는 듯 고개를 좌우로 몇 번 저었다. 그리고 다시 크게 하품하며 화장실 방향으로 걸어갔다.

"어쨌든 금방 올 테니까 기다려."

수겸은 괜히 어색해져서 헛기침을 두어 번 하고는 책상 옆에 놓여 있던 가방을 들어 앞주머니를 열었다.

"슬슬 우리도 일어날 준비 하자. 그거 줄래?"

수겸은 은정이 들고 있는 아이팟을 가리키며 말했다.

"에이, 노래 들어보고 싶었는데."

은정은 아쉽다는 듯 입꼬리를 살짝 올렸다가 내리며 수겸에게 아이팟을 건넸다. 수겸은 이어폰과 아이팟을 가방에 넣은 뒤 주머니를 닫고 일어나며 말했다.

"나중에 들려줄게. 들어보면 너도 분명 좋아할 거야. 이제 일어나자."

*

식당 대부분이 점심 장사를 시작하기에는 아직 이른

시간이었다. 그래서 셋은 어쩔 수 없이 학교에서 조금 멀지만 아침 일찍부터 영업하는 지하철역 근처 패스트푸드 체인점으로 향했다.

날씨는 말 그대로 완연한 가을 날씨였다. 끝을 알 수 없을 정도로 높은 하늘은 눈이 시리게 파랗고 투명했으며, 몽실몽실 떠 있는 새하얀 구름은 마치 생크림을 짜놓은 것처럼 보였다. 햇볕은 따사로웠고 부드럽게 불어오는 미풍이 피부를 기분 좋게 간질였다. 거리에 줄지어 서 있는 은행나무의 단풍은 절정에 이르러 찬란한 노란 빛이 거리에 가득 넘쳤다. 가을빛으로 물든 거리 위로 민호와 은정은 나란히 앞서갔고 수겸이 뒤를 따랐다.

민호와 은정은 지난번 설계 스튜디오 수업의 교수님 크리틱을 얘기하며 티격태격하는 중이었다. 은정은 교수의 크리틱 내용을 받아들일 수 없다며 불만스러워했고, 민호는 교수의 의견을 이해할 수 있다는 입장이었다. 은정은 어떻게 그걸 이해할 수 있느냐며 과장된 억양으로 분통을 터뜨렸고, 민호는 그런 은정의 반응이 재미있다는 듯 웃기만 했다.

매번 만나기만 하면 톰과 제리처럼 아옹다옹하는 그들의 모습을 뒤에서 지켜보며 수겸은 둘이 사귄다면 잘 어울릴 것 같다고 생각했다. 둘은 누구보다 서로 친했고, 대화도 잘 통했으며, 무엇보다 학교에서 많은 시간을 함께했다. 모르는 사람이 보면 둘이 연인 사이라고 해도 이상할 게 없었다. 하지만 둘은 사귀지 않았고, 오히려 은정은 수겸에게 더 관심을 보였다.

군 휴학을 마치고 올해 3학년으로 복학한 수겸에게 3년 만에 다시 시작하는 학과 생활은 영 어색하기만 했다. 친했던 동기들은 모두 1년 먼저 복학해 이미 졸업반이었고, 전공 수업을 함께 듣는 학생들은 자신보다 최소 두 학번 아래 후배들이었다. 말수가 적고 내성적인 성격의 수겸은 낯선 후배들에게 먼저 다가가는 게 쉽지 않았다. 그래서 그는 후배들과 친해지기 위해 노력하기보단 비록 조금 외롭더라도 혼자 있는 것을 선택했다.

그런 수겸에게 먼저 다가와 준 사람이 민호였다. 민호는 고등학교를 졸업한 후 꽤 오랜 기간 사회생활을 하다가 대학교에 늦게 입학했다. 그래서 수겸보다 학번은 아래였지만 나이는 두 살 더 많았다. 민호는 수겸을 친근하게 대하며 학과 생활에 많은 도움을 주었다. 언젠가 수겸이 민호에게 그 이유를 물었을 때 자신도 처음에 자신보다 한참 어린 동기들과 함께하는 게 쉽지 않았기에 수겸의 어려움을 누구보다 잘 알았고, 그래서 괜히 더 마음이 갔기 때문이라고 민호는 답했다. 덕분에 수겸의 학과 생활 적응은 한결 수월해졌고 민호와는 항상 붙어 다니는 사이가 되었다. 그러면서 수겸은 민호의 동기이자 민호와 친했던 은정과도 자연스럽게 가까워졌다.

그렇게 셋이 친해지게 된 이후 어느 순간부터 은정은 학과 사람들에게 자신은 수겸 선배가 마음에 든다고 말하기 시작했다. 사람들과 함께 모인 자리에서 수겸 선배 괜찮지 않냐고, 관심이 간다고 스스럼없이 말하곤 했다. 평소에도 적극적이고 장난기 많은 성격의 은정이었기에 사람들도 그러한 은정의 말을 심각하게 받아들이기보다는 가볍고 유쾌하게 받아들였다. 1학기가 끝나갈 무렵에는 학과 사람들 모두 정수겸은 이미 최은정이 찜했다는 말을 장난처럼 하곤 했다.

다른 사람들과 함께 있을 때는 수겸을 좋아한다는 말을 농담처럼 아무렇지도 않게 하곤 했던 은정이지만, 수겸과 단둘이 있을 때는 장난으로라도 그런 말을 하지 않았다. 수겸은 난처했다. 은정의 그러한 태도가 도대체 어떤 의도인지, 무엇을 의미하는 건지 알 수 없었다. 누군가 자신에게 관심을 보이는 건 분명 기분 좋은 일이긴 했지만, 수겸에게는 입대 전부터 만나고 있는 동갑내기 여자 친구가 있었다. 은정도 알고 있었지만 크게 신경 쓰는 것 같지는 않았다. 은정은 분명 매력적이었지만 수겸은 지금 여자 친구와 헤어질 생각이 없었다. 그래서 만약 자신을 좋아한다는 은정의 말이 진심이라 해도, 그리고 그녀가 진지하게 고백한다 해도 자신은 거부할 수밖에 없었고, 그렇게 되면 결국 서로 어색하고 불편한 사이가 될 게 뻔했다. 수겸은 그러한 상황에 빠지는 걸 원치 않았다. 괜한 고민으로 머리가 복잡해지고 싶지 않았다. 그래서 은정의 행동이 그저 짓궂은 장난이길 진심으로 바랐다.

*

"최은정, 근데 너 오늘 평소와 조금 다르다. 화장도 하고. 무슨 일 있니?"

햄버거를 한 입 크게 베어 물은 민호가 우물거리며 은정에게 물었다. 아직 점심시간 이전이라 식당 안은 한산했다. 그들이 앉은 창가 자리로 오전의 가을 햇살이 환하게 비췄다. 쏟아지는 햇살에 은정의 하얀 원피스는 더욱더 밝게 빛났다.

"아, 또! 이름 말할 때 성 좀 붙이지 말라니까요. 안 친한 사이 같잖아."

은정이 손에 들고 있던 감자튀김을 쟁반 위로 장난스럽게 팽개치며 발끈하자 민호는 그저 재미있다는 듯 웃으며 콜라를 한 모금 마셨다.

"평소와 다르긴 뭐가 달라. 내가 평소엔 뭐 어떻게 하고 다녔다고. 내가 오늘 좀 달라 보여요, 오빠?"

수겸은 자신을 향해 확인하듯 묻는 은정의 모습이 확실히 평소보다 더 이쁘다고 생각했지만 그렇게 말하기는 괜히 부끄러웠다. 그래서 건너편에 앉은 그녀에게 시선도 주지 않은 채 무심한 척 작은 목소리로 대답했다.

"글쎄, 평소와 같은 것 같기도 하고, 다른 것 같기도 하고. 잘 모르겠네."

수겸은 얼굴이 조금 달아오른 듯 느껴져 서둘러 햄버거를 먹고 콜라를 마셨다. 수겸의 대답에 살짝 김빠진 듯 은정은 에이, 뭐야 그게, 라며 시무룩한 표정을 지었다.

"다들 오늘 오후에 시간 어때? 오랜만에 노천극장에서 술 마실까? 날씨 죽이잖아."

옆자리의 은정을 슬쩍 본 뒤 민호가 반쯤 먹은 햄버거의 포장지를 천천히 정리하며 물었다. 순간, 흘러가던 구름이 햇살을 가리며 식당 안에는 그늘이 드리워졌고, 인상파 화가의 풍경화처럼 쨍하게 빛나던 실내는 한결 부드러운 톤으로 바뀌었다.

"난 괜찮아요. 오후 교양수업이 5시 반에 끝나니까 그 이후면 상관없어요."

"미안하지만 난 오늘 안 돼요. 약속 있어. 그러니 오늘은 둘이 마셔요."

"그래? 그럼 오늘은 둘이 보자, 수겸아. 은정이는 역시 오늘 무슨 좋은 일이 있나 보다. 우리랑은 있기 싫은가 봐."

"흥, 두 분이 오붓하게 재밌게 드세요. 내가 오늘 둘만의 시간을 줄게."

은정은 냅킨으로 입술을 가볍게 닦은 뒤 수겸을 바라보며 물었다.

"오후엔 무슨 수업이에요?"

"현대문학의 이해."

"현대문학의 이해? 뭘 배우는 수업이에요?"

"서양 문학 사조의 흐름, 그리고 대표적인 작가 및 작품, 뭐 그런 것들. 소포클레스부터 세르반테스, 발자크, 에드거 앨런 포, 카프카, 도스토옙스키 등등."

"재밌어요? 어려울 것 같은데."

"재밌어. 이번 학기 듣는 수업 중에 제일 마음에 드는 수업이야."

"하긴 오빠하고 어울리는 수업 같기도 하다. 오빠 책 읽는 거 좋아하죠? 보면 항상 책을 가지고 다니잖아. 그러고 보니까 어딘가 문학소년 같은 이미지도 있는 것 같고.

그렇지 않아요?"

은정은 수겸을 신기하다는 듯 바라보며 민호에게 확인하듯 물었다. 그때 구름에 가려졌던 햇살이 다시 쏟아져 들어왔고, 식당 안은 순식간에 환한 햇살로 가득 찼다. 민호는 눈이 부신 듯 살짝 미간을 찡그렸고, 작게 기지개를 켜며 관심 없다는 듯 심드렁한 목소리로 말했다.

"그런가?"

수겸은 자신이 대화의 주제가 되는 게 왠지 민망해서 어색한 미소를 짓고는 창밖으로 시선을 옮겼다. 방금 지하철이 지나갔는지 출구에서는 사람들이 바쁜 걸음으로 몰려나왔다. 출구 앞 작은 광장에서 부지런히 땅을 쪼고 있던 비둘기들은 몰려오는 사람들을 피해 이리저리 부산하게 움직였다. 도로를 지나가는 차량은 햇살에 반짝였고, 광장의 오래된 플라타너스는 불어오는 바람에 가을빛으로 물든 잎을 가볍게 흔들며 거리에 아늑해 보이는 그늘을 드리웠다.

시간은 11시가 넘었고 점심시간이 가까워지면서 식당 안은 빠르게 붐비기 시작했다. 점점 소란해지는 분위기 속에서 수겸은 말없이 바깥 풍경을 바라보았고, 은정은 그런 수겸의 모습을 물끄러미 바라보았으며, 민호는 아직도 수북이 쌓인 감자튀김을 천천히 집어 먹으며 수겸과 은정을 번갈아 쳐다보았다.

*

오후 교양수업을 마치고 설계실로 향하던 수겸은 걸음을 멈추고 주변 벤치에 앉았다. 왠지 모를 피곤함이 느껴졌다. 중간 쉬는 시간 없이 두 시간 반 동안 진행된 수업에 지치기도 했지만, 아무래도 오늘 강의의 주제였던 발자크와 그의 소설 「사라진느」가 조금은 지루했기 때문에 그런 듯했다. 수겸은 등받이에 몸을 기대고 민호와의 약속을 고민했다. 피곤해서인지 막상 약속된 시간이 되자 귀찮게 느껴지는 게 사실이었다. 만나면 분명 재미는 있겠지만 지금은 그렇게 술을 마시고 싶다는 생각도 들지 않았다. 잠시 고민 끝에 수겸은 민호에게 메시지를 보냈다.

-형, 미안한데 갑자기 몸 상태가 안 좋아져서 오늘은 그냥 집에 가는 게 좋을 것 같아요. 술은 다음에 마셔요. 정말 미안해요.

메시지를 보낸 뒤 민호로부터 답문이 올 때까지 기다렸지만 시간이 꽤 지나도 답은 오지 않았다. 찜찜하긴 했지만 수겸은 그냥 집에 가기로 마음먹고 벤치에서 일어나 버스정류장으로 갔다. 버스정류장은 수업을 마친 학생들로 붐볐고, 수겸은 사람들 무리에서 살짝 떨어져 버스를 기다렸다.

잠시 후 도착한 버스에 올라타 맨 뒷자리 창가 쪽에 앉은 수겸은 여자 친구에게 전화를 걸었다. 뭔가 얘기가 길어질 것 같아 민호와의 약속 얘기는 아예 꺼내지도 않고 그냥 집으로 간다고만 말했다. 취업 준비를 위해 집 근처 도서관에서 공부 중인 여자 친구는 자신은 조금 더 공부하다 들어갈 거라 했다.

짧은 통화를 마친 수겸은 가방에서 아이팟을 꺼내 이어폰을 귀에 꽂고 음악을 들으며 차창 밖으로 흘러가는 풍경을 무심히 바라보았다. 수겸은 이 순간을 좋아했다. 귓속 가득 울리는 리듬을 느끼며 창밖을 멍하니 바라보고 있으면 마치 세상과 분리되는 듯했고, 복잡하고 골치 아픈 고민 등에서 잠시나마 벗어나 편안함을 느꼈다.

그때, 휴대전화 진동이 울렸다. 멍하니 흩어져있던 사고의 조각들이 다시 현실의 한 지점에서 서로 연결되었다. 민호 형이겠지 생각하며 열어본 휴대전화 액정에 뜬 이름은 뜻밖에도 은정이었다.

-오빠, 지금 민호 오빠랑 술 마시는 중이에요?

약속이 취소돼서 합류하려는 걸까? 수겸은 은정이 메시지를 보낸 이유를 궁금히 여기며 오늘 모임은 취소됐고 자신은 지금 집에 가는 중이라고 답을 보냈다. 얼마 안 돼 곧바로 다시 답이 왔다.

-지금 어디쯤이에요? 난 지금 종로 쪽에 있는데 혹시 괜찮으면 잠깐 올 수 있어요? 아니면 내가 오빠 편한 곳으로 가도 괜찮고

은정의 메시지를 읽은 수겸은 갑작스럽게 두근거리기 시작한 심장의 박동을 느꼈다. 어떤 기대감에 의한 두근거림은 아니었다. 심장박동을 빠르게 만드는 건 바로 원치 않는 일이 벌어질 것만 같다는 불안한 예감이었다. 수겸은 그 예감이 현실이 되는 것을 피해야 한다고 생각했고, 은정에게 거절의 답문을 보내려 했다. 하지만 이내 깨달았다. 지금 자신의 솔직한 심정은 앞으로 무슨 일이 일어날지 알고 싶고, 무엇보다 은정과 만나고 싶어 한다는 것을.
수겸은 두려웠다. 하지만 그의 본능은 두려움보다 호기심에 더 강하게 이끌렸다. 결국 은정에게 자신이 종로

가겠다는 메시지를 보낸 수겸은 잠시 고민하다 여자 친구에게는 갑자기 민호 형으로부터 술 먹자는 연락이 왔다고 메시지를 보냈다. 여자 친구와 민호에게 미안한 마음이 들었지만 이제는 되돌릴 수 없다고 생각했다. 아니, 처음부터 되돌리고픈 마음 같은 건 없었던 건지도 몰랐다. 수겸은 자신도 모르게 의미를 알 수 없는 희미한 미소를 지었다. 그리고 길게 숨을 내쉰 뒤 듣고 있던 음악의 볼륨을 조금 더 높이고 시선을 다시 창밖으로 돌렸다.

*

"와줘서 고마워요."

수겸과 은정은 종로3가역 사거리에서 만났다. 은정은 오전과는 다르게 머리를 하나로 모아 뒤로 묶은 모습이었다. 해가 질 무렵의 부드러운 황금빛 햇살에 그녀의 얼굴이 따스하게 빛났지만 어딘지 모르게 피곤함이 묻어있는 것처럼 보이기도 했다.

"그런데 약속은 왜 취소된 거예요?"

"그냥. 딱히 술 생각이 안 나기도 했고."

수겸은 적당히 얼버무렸고, 은정도 고개를 끄덕거리기만 할 뿐 더 물어보지 않았다.

"나도 그냥 갑자기 걷고 싶었는데, 혼자 걷기는 싫고. 그래서 연락했어요. 괜찮죠? 걷는 거."

수겸은 괜찮다고 했다. 둘은 청계천으로 내려가 산책로를 따라 종각 방향으로 천천히 걸었다. 해는 이미 서쪽으로 완전히 기울어 도시의 그림자는 거리 위로 길게 늘어졌고, 피부를 스치는 바람의 온도는 낮에 비해 부쩍 낮았다.

"무슨 일 있어?"

한참을 말없이 시선을 내린 채 걷고 있던 은정에게 수겸이 물었다.

"오빠, 수영 좋아해요?"

은정은 천천히 시선을 올려 정면을 바라보며 수겸에게 물었다.

"수영? 글쎄. 딱히 좋아하거나 하지는 않아. 어렸을 때 꽤 오래 배우긴 했는데, 그건 엄마 때문에 억지로 배운 거였으니까. 그런데 갑자기 수영은 왜?"

"나 요즘 수영 배우거든요. 배운 지는 이제 한 달 조금 안 됐어요. 일주일에 세 번, 아침 9시에 학교 근처 수영장에서. 실은 오늘 아침에도 수영장에 다녀온 거였어요."

은정은 왼쪽 어깨에 멘 가방에서 수영용품이 들어 있는 작은 비닐백을 살짝 꺼내 수겸에게 보여주고는 도로 넣었다.

평일 저녁이었지만 청계천 산책로는 무르익어가는 가을밤을 즐기려는 사람들로 북적였다. 사람들의 대화 소리와 물 흐르는 소리로 주변은 소란했고, 은정의 목소리를 놓치지 않기 위해 수겸은 은정의 옆으로 더 가깝게 다가섰다. 걷는 동안 수겸의 왼손이 이따금 은정의 오른손에 살며시 스쳤기에 수겸은 양손을 외투 주머니에 찔러 넣었다.

"수영을 배우니까 제일 좋은 게 뭔지 알아요?"

"음, 아무래도 건강해지는 거?"

수겸의 대답에 은정은 작게 미소 지었다.

"그것도 좋지. 그런데 그것보다 더 좋은 점이 뭐냐면, 물속에서 수영하는 중에는 다른 생각을 할 수 없다는 거예요. 다른 생각을 할 틈이 없는 거죠. 내 호흡과 팔다리의 움직임에만 온전히 집중해야 하니까. 그러지 않으면 호흡이 흐트러지고 몸에 힘이 들어가서 금방 숨이 차거든요."

은정은 마치 수영하는 것처럼 숨을 짧게 들이쉰 뒤 천천히 길게 내쉬었고, 그녀의 작은 어깨는 아래위로 오르내렸다.

"난 그 순간이 좋아요. 세상과 분리되어 물속에서 이런저런 잡생각 없이 오로지 숨을 쉬고 몸을 움직이는 것에만 집중하는 시간이. 그래서 요새는 계속 그렇게 있을 수만 있으면 좋겠다고 생각할 때도 있어요."

"다른 생각이 안 들도록?"

"응. 시도 때도 없이 떠올라 날 힘들게 하는 생각들이 들지 않도록."

수겸은 은정의 옆모습을 가만히 바라보았다. 그녀의 다문 입술에는 가을바람만큼이나 처연한 기운이 서려 있었다. 수겸은 조심스럽게 물었다.

"무슨, 고민 있어?"

은정은 천천히 옮기던 발걸음을 멈췄다. 수겸도 그녀를 따라 멈췄고, 그들은 다른 사람들에게 방해가 되지 않도록 옆으로 비켜서야 했다.

은정은 물가에 놓인 바위를 가리키며 잠깐 여기 앉자고 했다. 수겸은 앉기에 적당한 바위를 찾아 은정에게 손을 내밀어 그녀가 바위 위로 이동하는 것을 도왔다. 둘은 바위 위에 앉았고, 수겸은 자신의 외투를 벗어 은정에게 건네며 쌀쌀하니까 다리 위에 덮으라고 했다. 은정은 외투를 잠시 말없이 바라본 뒤 건네받아 무릎 위로 덮었다.

"사실, 나 오늘 소개팅했어요."

남의 얘기를 전하듯 조금은 무미건조한 목소리로 은정은 말했다. 수겸은 살짝 놀랐지만 겉으로 내색하지는 않았다. 서늘한 바람이 불어 물가의 수풀이 소리를 내며 흔들렸고 은정은 팔짱을 끼며 어깨를 움츠렸다. 그리고 차분하게 계속 말을 이었다.

"나보다 다섯 살 많은 사람이었어요. 친한 언니가 소개해 준 사람인데, 정말 괜찮은 사람이라고, 한 번만 만나 보라고. 솔직히 그렇게 내키진 않았는데 소개해 준 언니의 성의도 무시할 수 없으니까 결국 나갔어요. 언니 말대로 괜찮은 사람이었어요. 첫인상도 좋았고, 대화를 길게 해보지 않아도 선한 사람이라는 걸 쉽게 알 수 있는 그런 사람. 그런데, 그런데 난 그 사람과 함께 있을 수가 없었어요."

은정은 말을 멈추고 흐르는 물을 잠시 바라보았다. 무언가를 생각하는 듯한 그녀의 눈동자에 무심히 흐르는 물결이 일렁거렸다.

"어째서?"

"왜냐하면……"

은정은 바로 말을 잇지 못했다. 무언가를 고민하는 듯 말을 주저했다. 그렇게 한참을 망설인 뒤에야 작은 목소리로 얘기했다.

"왜냐하면, 그 사람과 함께 있는데도 계속 오빠 생각이 났거든요. 인사를 하고, 각자 소개를 하고, 차를 마시고, 웃으며 대화하는 중에도 이상하게 머릿속은 오빠 생각으로만 가득했어요."

수겸은 자신도 모르게 몸을 움찔했다. 묵직한 무언가가 가슴속 깊은 곳에 둔탁하게 떨어진 느낌이었다. 은정은 수겸에게 시선을 주지 않은 채 계속해서 말을 이었다.

"그 사람이 함께 저녁을 먹자고 했지만 도저히 그렇게 할 수 없었어요. 그 사람의 웃는 표정을 보고 있으니 그에게 못된 짓을 하는 것만 같아 견딜 수 없었거든요. 결국 난 정말 죄송하다고 말하고 서둘러 카페에서 나와 버렸어요."

은정은 팔짱을 풀고 자신의 왼 손바닥을 바라보며 오른손 엄지손가락으로 왼 손바닥의 손금을 천천히 쓰다듬었다. 수겸은 은정의 얘기에 아까의 두근거림이 다시 시작된 걸 느꼈다. 일어나지 않길 바랐던 일이 결국 현실이 된 것에 허탈하기도 했다. 하지만 이제, 더는 모른 척할 수만은 없다고 생각했다.

"사실, 난 계속 혼란스러웠어."

조심스럽게 말을 꺼낸 수겸은 신중하게 단어를 골라가며 은정에게 자신의 속마음을 얘기했다.

"너의 진심이 무엇인지, 나를 어떻게 생각하고 있는 건지 도무지 알 수 없었으니까. 솔직히 말하면 두렵기도 했어. 너의 말들이 진심일까 봐. 그래서 아니길 바랐어. 정말로 그냥 장난이길 바랐어."

수겸은 자신의 목소리가 어느 순간부터 떨리기 시작한

걸 알아차렸다. 두근거리던 가슴은 이제 마구 쿵쾅거렸지만 자신이 떨고 있다는 사실을 알리고 싶진 않아 애써 태연한 척했다. 순간적으로 이 상황에서 도망치고 싶다는 생각도 들었다. 하지만 이내 마음을 다잡고 차분하게 호흡을 가다듬었다. 수겸에겐 아직 은정에게 해 줄 가장 중요한 말이 남아있었다.

"정말 미안하지만, 난 네 마음을 받아줄 수가 없어."

어딘가에서 즐거운 듯이 웃는 소리가 바람을 타고 들려왔다. 그리고 그 소리는 흐르는 물소리와 함께 가을밤의 청량한 공기 중으로 잘게 부서져 흩어져 버렸다.

"알아요, 오빠의 마음."

은정의 목소리는 담담했다.

"평소에 장난처럼 말했지만, 나 오빠를 정말 좋아했어요. 왜 그랬는지 모르겠지만 오빠를 처음 봤을 때부터 오빠의 모습 하나하나가 내 눈에 계속 들어왔어요. 마치 일부러 외로운 걸 즐기는 것처럼 항상 혼자 있고, 차분한 목소리로 무심한 듯 말하고, 그리고 언제나 음악을 듣고 있는 모습까지. 별것 아닌 그런 것들이 그냥 좋았어요. 바보같이."

서늘해진 기온 탓인지 은정의 몸은 작게 떨렸다.

"오빠가 날 많이 부담스러워한다는 거, 그리고 지금 여자 친구를 정말 좋아한다는 거, 다 알고 있어요. 그런데도, 그러면 안 되는데도 사람들에게 오빠를 좋아한다고 말을 한 건 그렇게 하지 않으면 오히려 오빠에게 더 빠질 것 같아서였어요. 좋아하는 감정을 안으로만 꼭꼭 감추고 있으면 그 감정에서 영영 빠져나오지 못할 것 같았거든요. 마음속 감정을 바깥으로 날려버리기 위해 그렇게 발버둥 친 거죠. 그런데 발버둥 치면 칠수록 더 깊게 빠져버린 것 같아요. 마치 늪에 빠진 것처럼."

은정은 양 손바닥으로 자기 얼굴을 가렸다. 그 모습은 무언가 부끄러운 듯, 후회하는 듯, 어쩌면 울고 있는 듯 보였다. 잠시 후 은정은 손을 내리고 양손을 맞잡으며 말했다.

"알아요. 처음부터 그러면 안 되는 거였어. 나도 내가 이렇게 깊이 빠질 줄은 몰랐어."

수겸은 아무 말도 할 수가 없었다. 머릿속에 혼란스럽게 떠오르는 생각들을 적당한 단어로, 문장으로 도저히 정리할 수 없었다. 음악이 너무 듣고 싶었다. 이어폰을 귀에 꽂고 볼륨을 최대로 높여 음악을 듣고 싶었다. 하지만 그럴 수는 없었다. 그저 가만히 은정의 말을 듣고 있을 뿐이었다.

"내가 너무 이기적이란 거 알아요. 오빠 입장은 생각도 하지 않고. 그래서 정말 미안해요."

"아니야, 미안해하지 않아도 돼. 괜찮아."

수겸이 할 수 있는 대답은 이것뿐이었다. 뭔가 더 말해주고 싶었다. 자신도 분명 싫은 건 아니었다고, 그저 조금 혼란스러웠다고, 그리고 나도 내 마음을 잘 모르겠다고. 하지만 입 안에서 맴돌던 그 문장들은 결국 입 밖으로 소리가 되어 나오질 못했다.

"조금만 기다려줄래요? 나 정말 노력하고 있어요. 수영을 안 해도 오빠 생각을 하지 않을 수 있도록. 그러니 그때까지만."

시간이 흘러 도시는 어느새 투명한 어둠 속에 완전히 잠겼다. 거리의 가로등과 네온사인은 어둠 속에서 선명하게 빛을 발했고, 그 빛은 청계천의 미끈한 검은 수면에 산란 되어 수겸과 은정의 얼굴 위로 아른거렸다. 둘은 한참 동안 말이 없었다. 주변 사람들의 대화 소리와 흐르는 물소리만이 두 사람 주위에 가득했다.

"나 수영을 조금 더 배워서 익숙해지면 스쿠버 다이빙을 해보려 해요."

손을 맞잡은 채 흘러가는 물을 가만히 바라보고 있던 은정이 침묵을 깨고 말했다.

"수영장에서 알게 된 언니가 그러는데, 스쿠버 다이빙

을 하면 다른 소리는 전혀 들리지 않고 자신의 호흡 소리만 들린대요. 세상의 온갖 소음에서 완벽하게 분리되어 자신의 호흡과 심장박동에만 귀 기울일 수 있다나 봐요. 그리고 그 순간 마음이 정말 차분해진다고."

은정은 고개를 천천히 들어 밤하늘을 잠시 바라본 뒤 시선을 옮겨 수겸을 바라보았다.

"언젠가 바다에서 스쿠버 다이빙을 하는 그 순간을 상상하곤 해요. 수면 아래에서 부드럽고 자유롭게 몸을 움직이며 내 호흡 소리만을 듣고, 내 안의 평안만을 느낄 수 있는 그 순간을."

완전한 어둠이 찾아온 청계천의 산책로는 수많은 인파로 이제 발 디딜 틈이 없었다. 가을밤의 공기 속에서 미소 짓고 있는 그들은 모두 행복해 보였다. 어디선가 거리 음악가가 부르는 노랫소리가 먼 과거의 기억처럼 희미하게 들려왔다.

수겸은 아무 말이 없다가 천천히 가방 앞주머니를 열어 아이팟과 이어폰을 꺼냈다.

"나는 그러고 싶을 때면 음악을 들어."

수겸은 아이팟에 이어폰을 결합하고 한쪽 이어폰을 은정에게 건넸다.

"혹시 괜찮으면 아까 못 들었던 노래 지금 들어볼래?

언니네 이발관."

 수겸을 바라보는 은정의 얼굴에 작은 미소가 스쳤다. 그녀는 건네받은 이어폰을 오른쪽 귀에 꽂았고, 수겸도 왼쪽 귀에 이어폰을 꽂은 뒤 재생 버튼을 눌렀다. 이어폰에서는 「2002년의 시간들」이 흘러나오기 시작했고, 두 사람은 산책로의 사람들을 뒤로한 채 나란히 앉아 흘러가는 물을 바라보며 함께 노래를 들었다.

2부

 사무실에 틀어 놓은 라디오에서 6시 방송의 시작을 알리는 시그널송이 흘러나오자 수겸은 하던 일을 그만두고 가방과 외투를 챙겨 자리에서 일어났다. 마무리까지는 해야 할 작업이 아직 한참 남아있었지만, 마감은 내일까지니 남은 일은 내일 마저 하기로 했다. 어쩌면 내일 안으로 끝낼 수 없을지도 몰랐고, 그래서 또 한 소리 들을지도 모른다는 걱정이 컴퓨터를 종료할 때까지 계속 들긴 했다. 하지만 수겸은 이내 어떻게든 되겠지 생각하며 끈적하게 달라붙는 걱정을 애써 떨쳐 버리고 사무실에서 나왔다.

엘리베이터 앞에 선 수겸은 거울처럼 반짝이는 엘리베이터 문에 비친 한 남자의 모습을 바라보았다. 무표정한 남자의 얼굴은 마치 이제는 모든 게 어찌 되든 상관없다는 듯 보였다. 예전에는 자신이 맡은 일을 완벽하게 처리하기 위해 안절부절못하며 최선을 다했던 남자는, 이제는 그때와 비교하면 뻔뻔스러울 정도로 태연했고 가슴은 차갑게 식어있었다. 수겸의 얼굴에 애매한 미소가 아주 잠깐 스쳐갔다. 미소가 의미하는 게 변해버린 자신에 대한 만족스러움인지, 아니면 자조적인 쓸쓸함인지 수겸은 알 수 없었다.

거리로 나온 수겸은 자신과 같은 방향으로 향하는, 아마도 대부분 지하철역으로 향하고 있을 수많은 사람과 속도를 맞춰 걸었다. 도로는 이미 차량으로 가득했고, 끼어들려는 차와 막으려는 차의 날 선 경적이 여기저기서 쉴 새 없이 울렸다. 6시가 되자 마치 도시가 토해낸 것처럼 거리 위로 쏟아져 나온 사람들과 차량의 거대한 무리를 바라보며 수겸은 이들도 자신처럼 지루한 일상을 겨우겨우 버텨낸 뒤 도망치듯 사무실을 뛰쳐나온 것일지 궁금했다. 그리고 이내 설마 다 나 같지는 않겠지, 라고 생각했다.

도로에 줄지어 서 있는 자동차의 붉은색 후미등을 바

라보다 수겸은 무심코 시선을 하늘로 올렸다. 이미 지구 반대편으로 넘어가 모습이 보이지 않는 태양은 자신의 존재를 끝까지 알리려는 듯 저 멀리 도시와 서쪽 하늘이 맞닿은 경계 부근을 부드러우면서도 선명한 농도의 주홍빛으로 물들였다. 그 위로 펼쳐져 있는 푸르스름한 어둠 속에서 이제는 자신의 차례라는 듯 가느다란 손톱달이 투명하게 모습을 드러냈다. 얼마 전까지만 해도 벌써 짙은 어둠이 내렸을 시간이었다. 확실히 낮의 길이가 점점 길어지고 있었다. 피부로 느껴지는 공기는 여전히 차가웠지만, 유난히 춥고 눈이 많이 내렸던 이 계절도 이제는 서서히 끝을 향해 다가가고 있었다.

시야에 지하철역 출입구가 보이기 시작하자 조금 더 속도를 내서 걸어가던 수겸은 문득 누군가 옆에서 나란히 걸으며 자신을 바라보고 있다는 걸 알아차렸다. 고개를 돌리자 한 남자가 자신을 향해 환하게 웃어 보였다.

"수겸이 맞지? 정수겸. 야 정말 오랜만이다."

그는 왼손을 수겸의 오른쪽 어깨에 올리며 밝은 목소리로 말했다. 수겸은 눈앞에 나타난 얼굴에 순간적으로 사고가 멈췄다가 꺼져있던 조명이 켜지듯 그 얼굴이 누구인지 알아차렸다. 잊고 있던 오래된 기억의 어둠 속에서 갑자기 떠오른, 놀라기는 했지만 불쾌하지는 않은, 오히려 반가운 얼굴. 민호였다.

"와, 민호 형! 깜짝이야. 이게 얼마 만이에요? 진짜 오랜만이다."

거의 10년 만의 만남이었다. 수겸은 놀란 눈으로 민호의 얼굴을 자세히 바라보았다. 그를 알아볼 순 있었지만 10년 전과 어딘가 모르게 달라진 얼굴이었다. 마치 10년 간 쌓인 시간의 퇴적물이 찰흙처럼 투박하고 묵직하게 그의 얼굴에 달라붙어 세월의 압력에 미묘한 일그러짐으로 빚어진 것처럼 보였다. 예전 이십 대의 얼굴은 그 일그러짐의 이면으로 희미하게 드러날 뿐이었다. 하지만 그의 목소리만은 변하지 않고 그대로였다. 느리고, 조용하고, 뾰족한 데 없이 친근함이 가득한 목소리.

"하나도 안 변했네. 지나가는 걸 봤는데 딱 알아보겠더라."

"형도 바로 알아보겠어요. 이게 얼마 만이야."

"이 근처에서 일하는 거야?"

"네, 사무실이 이 근처예요. 형은요?"

"나도 바로 이 앞이야. 원래 성수동이었는데 얼마 전에 이쪽으로 이사했어. 퇴근하는 길인가 봐?"

"네, 집에 가는 길이에요. 형도?"

"나는 아직. 저녁 먹으러 가는 중이었어."

민호는 오른손 엄지손가락으로 뒤편을 가리키며 멋쩍게 웃었다. 그가 가리키는 방향에는 그와 일행인 듯 보이는 사람 두 명이 아마도 사무실 내에서만 입는 게 분명한 얇은 외투의 주머니에 손을 넣은 채 편의점 앞에 서서 이쪽을 힐끔힐끔 보고 있었다.

"야근하나 보다. 설계사무소 다니는 거죠?"

"응. 너는? 예전에 듣기로는 부동산 분야에서 일한다고 들었는데."

"맞아요. 부동산 개발 회사 다니고 있어요."

둘 다 건축설계를 전공했지만, 대학을 졸업하고 바로 설계사무소에 취업한 민호와 달리 수겸은 전공을 바꿔 대학원에 진학했다. 조금 더 넓은 시각을 공부해 보고 싶다는 게 대학원 진학의 표면적 이유였지만, 실은 스스로 설계에 재능이 없다는 걸 깨닫자 이대로는 취업이고 뭐고 아무것도 안 될 것 같다는 판단에 따른 선택이었다.

졸업 직후에는 동기들과 함께 종종 만나곤 했던 수겸과 민호였지만, 서로의 분야가 달라지며 공통의 관심사가 점점 줄었고 만남이 뜸해지기 시작했다. 그리고 어느 순간부터 서로 연락이 이어지지 않았다. 이후 10년 가까운 세월이 흐른 후에 강남 한복판 번잡한 퇴근길 속에서 우연히 만나게 된 거였다.

서로 반갑게 인사는 했지만 너무도 오랜만에 만났기에 무슨 말을 더해야 할지 몰라 서로 웃기만 하는 어색한 시간이 짧게 흘렀다.

"사무실이 이 근처면 언제 밥이라도 같이 먹어요, 형."

어색함을 깨고 수겸이 먼저 말했다. 분명 만나서 반갑기는 했지만 언제까지 이렇게 거리 위에 서 있을 수는 없었다. 계속해서 눈치를 주듯 이쪽을 보고 있는 민호의 일행들이 신경 쓰이기도 했다.

"그래, 언제 한번 점심을 같이 먹어도 좋겠네."

민호가 대답했다. 그는 뭔가 더 하고 싶은 말이 있지만 주저하는 듯한 표정이었다. 수겸도 그러한 민호의 표정을 읽었지만 먼저 물어보지는 않았다.

"아니면……"

민호가 조심스레 입을 열었다. 수겸은 그가 말을 잇기를 가만히 기다렸다. 민호는 수겸의 눈치를 살짝 본 뒤 쑥스러운 웃음을 지으며 말했다.

"아니면 혹시 지금은 어때? 괜찮으면 나랑 같이 저녁 먹을래?"

수겸은 약속이 없었다. 하지만 이렇게 갑자기 만나 밥까지 먹는 게 과연 괜찮은 건지 판단이 잘 서지 않았다. 민호와의 만남 자체는 분명 반가웠지만, 10년이란 시간은 서로의 사이에 생각보다 훨씬 더 깊고 넓은 틈을 만들어 내는 시간이었다. 그 틈의 밑바닥에 무겁게 가라앉아 있을 어색한 공기를 마주한다는 게 솔직히 조금 부담스럽기도 했다. 어떻게 해야 할지 잠깐 고민한 수겸은 결국 민호와 함께 밥을 먹기로 했다. 어색함이 걱정되긴 했지만 그간의 소식이 궁금하기도 했고, 오늘 그냥 헤어져 버리면 왠지 다시는 못 만날 것 같다는 느낌이 들었기 때문이었다.

"근데 저녁 먹고 다시 일해야 하는 거 아니었어요?"

"야근이야 뭐 매일 하는 건데. 괜찮아. 오늘 못하면 내일 하면 되는 거지."

민호는 대수롭지 않다는 듯 대답했다. 그의 표정에선 일상화된 야근에 대한 무기력한 권태 같은 게 느껴졌다. 수겸은 분명 얼마 전까지 자신도 저런 표정을 지었던 것을 기억했다. 민호는 수겸에게 잠시만 기다려 달라고 한 뒤 편의점 앞의 일행들에게 갔다. 그들은 잠시 대화를 나누더니 일행은 어디론가 가고 민호는 수겸에게 돌아왔다.

"그럼 밥 먹으러 가볼까? 괜찮으면 술도 한잔하자."

기분 좋은 미소를 지으며 민호는 식당을 향해 앞장섰다.

*

수겸과 민호는 멀지 않은 곳에 있는 초밥 전문점에 자리를 잡았다. 수겸은 이전에 몇 번 와본 곳이었다. 가격이 그렇게 부담스럽지 않으면서 맛도 괜찮고 정갈하게 나오는 집이라 회사 근처에서 나름 괜찮다고 생각하는 식당 중 하나였다. 둘은 각자 초밥 세트와 생맥주를 주문했다.

"어때? 잘 지내고 있어?"

먼저 나온 맥주로 한 모금씩 목을 축인 뒤 민호가 수겸에게 물었다.

"그냥 그렇죠, 뭐. 특별할 게 있나요. 형은 어때요? 계속 설계를 하고 있었네 형은. 역시."

"여태까지 해온 게 이것밖에 없는데 도리가 있나. 어쩔 수 없이 계속하는 거지 뭐."

"에이, 왜 그래요. 우리 졸업 동기 중에서는 형 설계 실력이 제일 뛰어났잖아요. 좋아하기도 했고."

"학생 때 좋아하는 것과 직업으로 그 일을 하는 건 많이 다른 것 같아. 아주 많이."

민호는 옅은 미소를 지으며 맥주를 한 모금 마셨다. 수겸도 별다른 대꾸 없이 맥주를 한 모금 마셨다. 좋아하는 것과 살아가기 위해 하는 것. 모두 자신은 해당 없는 아득히 먼 세계의 말처럼 느껴졌다. 자신은 좋아했던 게 있었나? 지금은 무얼 하고 있지? 수겸은 문득 궁금해졌다.

"결혼은 했어?"

민호가 수겸에게 물었다.

"네."

"했구나. 언제?"

"이제 3년 됐어요."

"애는?"

"아이는 아직."

"학교 다닐 때 사귀던 걔랑 한 건가? 이름이, 지은이었나?"

"아뇨."

수겸은 어색하게 웃었다. 정말 오랜만에 듣는 이름이었다. 지은과는 대학원에 다닐 때 헤어졌다. 취업 준비에 지쳐있던 그녀와 학업에 집중하던 수겸은 시간이 지날수록 서로를 받아들이는 게 벅차다고 느꼈고, 결국 그게 당연하다는 듯 별다른 다툼이나 미련 없이 너무나 쉽게 헤어졌다. 그래도 사귈 때는 서로 꽤 애틋했는데 이제는 그녀의 기억이 희미해져 버린 수겸이었다. 무서운 속도로 흘러버린 시간은 선명했던 기억을 마치 빛이 바래고 먼지가 쌓여 더는 찾아볼 일 없는 서랍 속 오래된 필름처럼 초라하게 만들었다.

"그랬구나. 하긴 그게 벌써 언제야."

민호는 멋쩍게 웃으며 말했다.

"형은 결혼했어요?"

"안 했어."

"왜요? 혹시 일부러 안 하는 거예요? 비혼, 그런 거?"

민호는 대답에 살짝 뜸을 들였다. 맥주잔에 맺힌 물방울을 천천히 엄지손가락으로 닦아내며 잠시 생각을 하는 듯했다. 수겸은 괜히 민감한 걸 물어본 건가 싶어 살짝 눈치가 보였다.

"아니, 그건 아니고. 비혼주의 뭐 그런 건 아닌데, 그냥 아직은 하고 싶다는 생각이 안 들어서."

"그렇구나. 뭐 요새는 마흔 살 넘어 결혼하는 것도 그렇게 늦다고 생각하지 않으니까. 하고 싶을 때 하면 되는 거죠."

수겸의 말 이후 잠시 정적이 흘렀다. 둘의 대화는 이어질 듯 이어질 듯 길게 이어지지 못했다. 너무 오랜만에 만난 사이였기에 서로가 공통으로 흥미를 느낄 수 있는 주제를 찾기가 쉽지 않았다. 그때 때마침 주문한 초밥이 나왔다. 둘은 젓가락을 들고 천천히 초밥을 먹기 시작했다. 잠시 후 민호가 다시 수겸에게 물었다.

"일은 어때? 예전에 듣자 하니 잘나간다는 소문이 있

던데."

수겸은 손에 들고 있던 젓가락을 허공에 내저었다.

"그럴 리가. 소문이 잘못 났네. 그냥 월급쟁이일 뿐이에요. 매일매일 어떻게 하면 일 안 하고 살 수 있을지 고민하는 월급쟁이."

"일은 바빠?"

"바쁠 때도 있고 아닐 때도 있고, 뭐 그래요. 음, 솔직히 말하면 요샌 일을 열심히 안 해요. 마음이 뜬 것 같기도 하고."

수겸은 문득 아까 엘리베이터 문에서 보았던 남자의 표정이 떠올랐다. 그리고 생각했다. 그래, 분명 마음이 뜬 거야. 그러니 그렇게 뻔뻔해졌지.

"형은 어때요? 야근 많이 해요?"

민호는 입에 넣은 초밥을 천천히 씹어 완전히 다 삼키고 나서 맥주까지 한 모금 마신 뒤 대답했다.

"글쎄, 자주 하긴 하는데, 그런데 너도 잘 알잖아. 이쪽 업무 패턴. 밤늦게까지 작업하고, 다음 날 늦게 출근하고. 다시 또 늦게까지 작업하고, 또 다음 날 늦게 출근하고. 실제 업무시간을 따져보면 아마 9시 출근 6시 퇴근하는 것과 비슷할걸."

"그쪽 업무가 다 그렇죠, 뭐."

수겸은 마치 자신도 잘 안다는 듯 말했다. 그리고 장난스럽게 툭 던졌다.

"그래도 또 설계는 밤에 해야 제맛이죠."

민호는 수겸을 힐끔 보고는 피식하고 웃었다. 왠지 모를 민망함을 느낀 수겸도 민호를 따라 웃었다.

"밤에 해야 제맛인 건 맞는데, 밤에만 할 수는 없으니."

"그러고 보면 우리 학교 다닐 때 밤을 참 많이도 샜는데. 특히 형은 설계실 죽돌이였잖아요. 집에도 잘 안 들어가고."

"그것도 학생 때니까 그렇게 했지, 나이 먹고 하려면 힘들어. 몸도 축나는 것 같고."

대화의 주제는 자연스럽게 예전 학교생활의 추억으로 바뀌었다. 수겸은 현재를 살아가는 얘기가 그리 재밌지 않았고, 그건 민호도 마찬가지일 것 같았다.

"그때 참 재밌었는데. 설계실에서 다 함께 밤새우면서."

수겸은 그때의 추억을 떠올리듯 아련한 표정을 지었다.

"혹시 지금도 애들하고 연락은 계속해요?"

"응. 몇몇은 지금도 연락하고 자주 만나. 은혁이, 지성이, 성규 애들이야 같은 분야에서 일하다 보니까 업무적으로 만날 일도 많고 가끔 술도 한 잔씩 하고 그래. 세정이도 유학 갔다 돌아와서 얼마 전 다 같이 한번 봤고. 다들 별일 없이 잘살고 있어."

수겸은 오랜만에 들은 반가운 이름에 그들의 모습을 떠올려보았다. 마지막으로 기억나는 모습은 졸업 직후의 모습이었다. 누군가는 취업에 성공해 이제 막 사회초년생이 된 풋풋하고도 자신감 넘치는 모습이었고, 누군가는 반복되는 취업 실패에 조금은 불안해하고 의기소침하던 모습이었다. 다들 지금은 어떤 모습으로 변해있을까? 이제는 사회생활을 어느 정도 했을 그들의 모습이 수겸은 궁금했다. 별일 없이 잘산다는 건 과연 어떤 모습으로 어떻게 사는 것인지, 자신은 별일 없이 잘살고 있는 건지 수겸은 알 수 없었다.

둘의 대화는 잠시 멈췄다. 젓가락으로 접시 위의 생강 초절임을 의미 없이 뒤적이던 수겸은 민호에게 무심한 듯, 하지만 조심스러운 말투로 예전부터 궁금했던 한 사람의 소식을 물어보았다.

"혹시, 은정이도 계속 연락해요?"

솔직히 수겸은 그녀의 소식이 다른 누구보다 궁금했다. 그녀와도 졸업 이후에 연락이 끊겼고 수겸은 여러 번 그녀에게 연락해 보고 싶은 충동을 느꼈지만 끝내 그러지 못했다.

    투명하고도 서늘한 어둠이 내렸던 그 가을밤, 서로의 마음을 알게 된 둘 사이에는 소리 없이 미세한 균열이 갔다. 둘의 관계는 수겸의 예상대로 어색해졌고, 누구도 원치 않았지만 서서히 벌어지던 틈으로 파고드는 어색함을 이기지 못하고 수겸과 은정은 서로에게서 멀어질 수밖에 없었다. 그렇게 서로가 완전히 멀어진 뒤에도 수겸은 가끔 은정을 그리워했지만 그녀에게 다시 연락하고 만나기까지 할 용기는 없었다.

    수겸의 질문에 민호는 놀라고 당황한 듯한 표정을 지었다.

    "너, 모르고 있구나?"

    미세하게 떨리는 민호의 눈빛에서 수겸은 알 수 없는 불길함을 느꼈다.

    "은정이 죽었어."

    하나의 주어와 하나의 동사로 구성된, 메마른 사실만이 간결하게 담긴 그 문장을 말하는 민호의 낮은 목소리에는 분명 물기를 가득 머금은 듯한 묵직한 슬픔이 배어있었다. 수겸은 자신도 모르게 미간이 찌푸려졌다. 마치 유쾌하지 않은 농담 같았다. 하지만 농담일 리는 없었다. 그게 무슨 소리냐고 묻는 자신의 목소리가 다른 사람의 목소리처럼 낯설게 느껴졌다. 민호는 말없이 맥주잔에 남아있던 맥주를 천천히 한 번에 들이켰다. 그리고 할 말을 정리하려는 듯 잠시 시간을 가진 뒤 수겸에게 은정이의 죽음을 이야기해 주었다.

3년 전 여름, 그녀는 단짝 친구들과 함께 울릉도로 여행을 갔다. 그들은 미리 계획한 여러 일정을 하나하나 소화했고, 사흘째 되었을 때 일정 중 가장 기대했던 선상 바다낚시를 나가기로 했다. 그런데 그날의 기상 예보는 좋지 못했다. 오전에는 구름만 많겠지만 오후부터 비가 내리고 바람이 거세지면서 높은 파도가 예상된다는 예보였다. 분명 일정을 취소해야 했지만 그들은 불행히도 그러지 않았다. 어쩌면 여기까지 왔는데 그냥 갈 수는 없다며 잠깐이라도 해보자는 어리석은 미련 때문이었을지도 모르고, 또 어쩌면 결정을 내리지 못하고 주저하던 그들을 돈에 욕심을 부린 선장이 이 정도 날씨면 걱정 없다고 꾀었던 건지도 몰랐다. 과정이 어쨌든 그들은 결국 작고 낡은 어선에 몸을 실은 채 하늘에 낮게 깔린 회색 구름이 바다와 만나는 수평선을 향해 나갔다. 그리고 바다로 나간 지 얼마 지나지 않아 얌전하던 바다는 정말 거짓말처럼 순식간에 돌변했고, 그들이 탄 배는 성난 파도에 이리저리 휩쓸리다가 끝내 전복되고 말았다. 그녀와 친구들, 그리고 선장까지

배에 타고 있던 네 명은 모두 실종되었고, 끝내 돌아오지 못했다.

"누구의 시신도 찾지 못했어. 사람들 말로는 아마 해류에 휩쓸려 어딘가로 멀리 떠내려갔을 거라고 하더라. 외롭게 먼바다를 떠돌아다니다가 결국엔 아무도 찾을 수 없게 사라져 버렸을 거라고."

민호는 팔짱을 낀 채 먼 곳을 응시하며 말했다. 그의 시선이 향한 식당의 카운터 위에는 하얀색 마네키네코まねきねこ, 앞발로 사람을 부르는 형태를 한 일본의 고양이 장식물가 웃는 얼굴로 오른발을 흔들고 있었다.

"전혀 몰랐어요. 그런 일이 있었던 줄은."

수겸은 창백한 표정이 되어 낮게 잠긴 목소리로 말했다. 마치 깊은 구덩이의 밑바닥에서 겨우 끌어올린 듯한 목소리였다.

"당시에 TV 뉴스에도 나왔어, 해경이 주변을 며칠 동안 수색한다고도 했고. 하지만 그게 다야. 뒤집힌 어선 주변에선 아무것도 찾지 못했고 곧 사고는 잊혔어. 너무나 빨리, 너무나 야속하게."

민호의 쓸쓸한 목소리는 천천히 허공을 부유하다 이내 연기처럼 희미하게 사라졌다. 단지 목소리에 담겨있던 슬픔만이 남아 연못 바닥에 부드러운 진흙이 쌓이듯 조용히 침묵 속에 쌓여갔다.

수겸은 시선을 돌려 이제는 완전히 어두워진 유리 너머의 바깥 풍경을 바라보았다. 거리에는 두툼한 외투를 입고 몸을 잔뜩 움츠린 채 무심하게 어디론가 향하는 사람들이 보였다. 그 모습은 마치 현실과 상관없는 연극 무대의 한 장면 같아 보였다. 그리고 민호에게 들은 은정의 소식도 저 무대 위 연극 속 얘기인 것만 같았다. 자신이 알고 있는 사람이 그렇게 세상을 떠났다는 사실이 수겸은 도저히 현실처럼 느껴지지 않았다.

"은정이는 시신을 찾지 못해 제대로 장례식도 치르지 못했어. 부모님은 끝까지 은정이의 죽음을 받아들이지 못하셨거든. 그래서 당시에 친구들에게 소식도 제대로 전달되지 않았을 거야. 듣기론 사망신고도 한참 뒤에야 했다 했어."

민호는 비어버린 맥주잔을 만지작거리며 초점 없는 눈으로 말했다. 그러고는 잠시 후 천천히 시선을 옮겨 수겸을 바라보며 말했다.

"괜찮으면, 맥주 한 잔 더 할래?"

수겸은 고개를 끄덕이고 남아있는 맥주를 천천히 마셨다. 혀를 스쳐 가는 이미 미지근해진 맥주에선 어떤 맛도 느껴지지 않았다.

둘은 새로 주문한 맥주를 마시며 은정이와의 추억들을 하나하나 떠올렸다. 수겸은 이제 세상에 존재하지 않는 그녀에 관한 이야기가 너무나 낯설게 느껴졌다. 더군다나 그녀는 자신을 좋아했고, 자신도 분명 그녀에게 애정을 품었단 걸 알았기에 기분은 더더욱 참담했다.

"사실, 있잖아……"

나지막한 민호의 목소리에 수겸은 그를 바라보았다. 슬픈 눈빛으로 어깨를 한껏 움츠린 채 두 손으로 맥주잔을 감싸 쥔 민호의 모습은 애처로워 보였다.

"사실, 나는 은정이를 좋아했어. 학교에 다닐 때부터 계속 말이야. 그리고 졸업한 이후에는 실제로 고백도 했었고."

갑작스러운 민호의 말에 수겸은 적당한 대답이 떠오르지 않았다. 무슨 말을 한다 해도 입 밖으로 내뱉어진 말은 무게를 상실하고 공중으로 흩어져 버릴 것만 같았다. 민호는 수겸의 대답을 딱히 기다리지 않았다. 그는 계속해서 담담하게 읊조리듯 말을 이어 나갔다.

"학교에 다닐 때 난 은정이에게 다가갈 수 없었어. 난 알고 있었거든. 은정이가 널 정말 좋아하고 있다는걸. 겉으로는 장난처럼, 농담처럼 말했지만 너를 진심으로 좋아했고 너 때문에 많이 힘들어했다는 걸 말이야. 정말 웃기지? 짝사랑하는 여자를 옆에서 지켜보는 남자는 불행하게도 그런 걸 잘 알게 돼. 그때 난 은정이가 왜 너를 좋아하는지 도저히 이해하지 못했어. 여자 친구도 있던 널 말이야. 어쨌든 나는 은정이가 너에 대한 마음을 정리할 때까지 기다려야만 했어. 마침내 졸업을 하고 네가 우리와 멀어졌을 때, 은정이도 너에 대한 감정을 정리했다고 판단이 들었을 때 난 용기를 내 고백했어. 예전부터 계속 너를 좋아했다고 말이야. 하지만 은정이는 내 마음을 받아주지 않았어. 내게 미안하다는 말만 했지. 그리고 아무 말이 없었어. 은정이도, 그리고 나도 서로 말없이 그저 테이블 위의 커피만 한참 동안 바라볼 뿐이었어."

민호는 숨을 길게 내쉬며 잠시 호흡을 가다듬었다. 수겸은 팔짱을 낀 채 시선을 아래로 내렸다. 민호는 천천히 맥주를 한 모금 마신 뒤 계속해서 말했다.

"그때 은정이는 분명 울고 있었어. 눈물이 흐르지도 않았고 소리 내 흐느끼지도 않았지만, 그녀의 눈에는 분명 눈물이 고여있었고 말없이 꽉 다문 입술이 작게 떨리고 있던 걸 나는 분명히 봤어. 은정이와 오랜 시간을, 그렇게 많은 순간을 함께 했는데 결국 기억에 선명하게 남아있는 건 그 순간뿐이야. 서로 아무런 소리도 내지 않았던, 정적만이 가득한 너무나 고요했던 그 순간. 지금도 그 순간이 종종 떠오르는데, 그럴 때마다 난 어쩔 수 없이 너무나 쓸쓸하고 무기력해져."

식당 안은 손님들의 대화 소리로 웅성거렸다. 하지만 수겸에게는 모든 소리가 음소거된 듯 적막하기만 했다. 그 적막함 속에서 민호의 작은 목소리만이 너무나 뚜렷하게 귀에 들어왔다. 수겸은 아무 말 없이 맥주를 마셨다. 민호도 역시 맥주잔을 들었다. 하지만 잔을 입까지 가져가기만 했을 뿐 마시지는 않고 다시 내려놓았다. 그리고 천천히 고개를 돌려 시선을 바깥으로 향한 채 수겸에게 말했다.

"가끔 그런 생각을 해. 만약 그때 고백하지 않았다면 어땠을까, 하는 생각. 그랬어도 아마 나와는 멀어졌을 거고, 은정이가 세상을 떠났다는 사실도 변하지는 않았겠지. 그래도 최소한 그녀가 우는 모습을 보지는 않았을 거야. 그리고 그 숨 막힐 것 같던 고요의 순간이 은정이와 함께한 가장 선명한 기억으로 남아있지도 않았을 테고."

민호는 수겸을 바라보았고, 수겸도 민호를 바라보았다. 수겸은 민호의 눈시울이 촉촉해진 걸 모른 척했다.

"수겸아."

느리고, 조용하고, 슬픔이 짙게 밴 민호의 젖은 목소리가 수겸의 가슴 속에 묵직하게 가라앉았다.
"은정이는 지금쯤 어디에 있을까?"

*

다음 날 아침, 출근하기 위해 집 밖으로 나온 수겸은 기온이 어제보다 몰라보게 오른 것을 느꼈다. 짙었던 겨울의 회색빛은 더디지만 확실히 옅어지고 있었다. 코트 주머니에 넣었던 손을 뺐을 때 손끝으로 느껴지는 공기의 포근한 서늘함이 이상할 정도로 어색하게 느껴졌다. 이렇게 겨울이 지나가 버리는 게 무언가 잘못된 것만 같았다. 이렇게 그냥 봄이 와서는 안 될 것 같았다. 아무것도 달라지는 건 없는데, 자신은 그저 들판의 오래된 석상처럼 우두커니 가만히 서 있을 뿐인데 시간은 계속해서 흘렀고 계절은 수없이 반복되었다.

지하철역으로 향하는 길에 수겸은 문득 걸음을 멈추고 상점 유리창에 비친 어젯밤 그 남자의 모습을 보았다. 어제와 마찬가지로 남자는 무표정했고 지쳐 보였다. 10년 전이 남자는 어떤 모습이었을까? 그때는 과연 어떤 표정을 짓고 있었을까? 가만히 자신을 응시하고 있는 남자의 얼굴에 흐릿해진 기억만큼이나 서글픈 빛이 감돌았다. 수겸은 고개를 돌리고 주머니에서 에어팟을 꺼내 귀에 꽂고는 아이폰으로 음악을 큰 소리로 재생시킨 뒤 지하철역으로 천천히 향했다.

사람들이 빼곡히 서 있는 지하철 안에서 수겸은 어젯밤 민호와의 만남을 다시 떠올렸다. 은정에 대해 말하는 그의 나지막한 목소리가 아직도 귀에 맴도는 듯했고, 그녀를 향한 그의 애틋함과 그리움이 자신에게도 전해지는 듯했다. 학교를 졸업한 이후 지금까지 그 긴 시간을 과연 민호는, 은정은, 그리고 자신은 어떻게 지냈던 건지 수겸은 생각했다. 어쩌면 누군가는 그저 반복되는 나날을 무심히 살아갔고, 그 사이 누군가는 영원히 돌아올 수 없는 먼 여행을 떠났다. 그리고 누군가는 고요함 속에 우두커니 앉아 돌아오지 않는 누군가를 끝없이 그리워했다.

열차가 동호대교를 건너는 동안 창밖에는 교각 사이로 잔잔한 물결이 일렁이는 한강이 보였다. 그 짙은 어두운색 물결은 수겸에게 은정을 떠올리게 했다. 먼바다 어디쯤에서 혼자 외롭게 여행하고 있을 은정을. 은정은 바다의 푸르른 수면 아래에서 자신의 호흡 소리만을 들으며 평안을 찾았을까? 밝은 햇살이 내리쬐는 따스한 바닷속에서 자유롭게 수영하고 있을까? 그녀가 어디쯤 있을지 수겸은 알 수 없었다. 아마 자신은 영원히 알 수 없을 것 같았다.

　한강을 건넌 열차는 어느새 다시 어두운 지하 터널로 진입했다. 수겸은 창밖으로 보이는 터널의 어둠을 보기 싫어 듣고 있는 음악의 볼륨을 더 높이고는 살며시 두 눈을 감았다.

월간 윤종신

음, 뭐랄까, 정확히 설명하기는 어려운데, 무엇보다 가사가 참 좋아. 화려하지 않고 담담하게 이야기를 들려주는 것 같은 가사. 가만히 듣고 있으면 어떤 풍경이 떠오르거든. 거기엔 흘러가는 일상과 계절이 있어. 사람들은 그 안에서 서로 사랑을 하고, 때론 외로워하고, 또 때론 이별도 해. 그리고 후회를 하고. 그러한 장면이 그의 목소리를 통해 하나하나 펼쳐지는 거야. 난 그게 참 좋아.

월간 윤종신

해가 바뀌어 2013년이 되자 문득 연애를 해보고 싶다는 생각이 들었다. 그건 예상하지 못한 구멍에서 툭 튀어나온 두더지처럼 갑작스러운 생각이었다. 마치 두더지가 머리를 불쑥 내밀고는 나를 향해 "2013년에는 연애를 하세요. 그게 당신의 올해 미션입니다." 라고 외치기라도 한 것 같았다.

내 생일은 1월 2일이다. 그래서 새해 첫날이 지나면 곧바로 한 살을 더 먹었다. 어렸을 적부터 꽉 채운 한 살을 또래 친구 중 가장 빠르게 먹는 것이 싫었다. 그리고 2013년 1월 2일이 되어 맞이한 만 서른 살이라는 나이는 지금까지 그 어느 때보다 나를 심란하게 만들었다. 그럴 리야 당연히 없지만, 시간이 유독 나에게만 빨리 가는 것처럼 느껴졌다. 내가 갑작스럽게 연애하고 싶다는 기분이 든 건 어쩌면 해가 바뀌고 만 서른 살이 되면서 밀려든 정체를 알 수 없는 허탈함과 불안함, 그리고 억울함 때문일지도 몰랐다.

가장 최근의 연애 경험은 3년 전이었다. 이후로 혼자 지내면서 딱히 외롭다고 느낀 적은 없었고 나름 혼자서도 재밌게 시간을 보냈다. 그리고 사실 혼자 지낸 최근 3년 동안은 취업 준비와 취업 이후 업무 적응 등으로 여유가 없기도 했다. 물론 그사이에 만남을 전혀 안 가졌던 건 아니었지만 그건 대부분 매우 짧은 만남이었고 진지한 관계까지 발전하진 않았다.

새로운 한 해가 시작되고 며칠 뒤, 빠르게 점심을 먹고 사무실 옆 소공원에서 현식과 함께 담배를 피우던 중에 이러한 나의 요즘 심경을 얘기했더니 그는 마침 자신이 괜찮은 사람을 알고 있다고 말했다.

"학교 동아리 선배인데 나보다 두 학번 선배니까 아마 형이랑 동갑일 거야. 얼마 전 동아리 연말 모임에서 정말 오랜만에 만났는데, 맥주 한두 잔 하면서 이런저런 얘기를 하다 보니까 누나도 지금 꽤 오랫동안 연애를 안 하고 있더라고요. 그때 누나가 진심으로 한 말인지는 모르겠지만,

주변에 괜찮은 남자 있으면 소개해 달라 했거든요."

현식의 말에 따르면 그녀는 서울 출생이고, 현재 연희동에 살고 있으며, 경영학과를 졸업하여 곧바로 광화문 근처에 사무실이 있는 로펌에 입사해 사무직으로 일하고 있다 했다. 나는 새로운 담배를 입에 물고 불을 붙이며 연기를 길게 한 모금 빨아들인 다음 천천히 내뿜었다. 이게 얼마만의 소개팅인지 생각해 보았는데, 1년은 넘은 것 같고 2년까지는 안 된 것 같았다. 아무런 반응도 없이 담배만 피우는 모습이 고민하는 것처럼 보였는지 현식은 마치 절대 거부할 수 없게 만드는 엄청난 사실을 몰래 알려준다는 듯 의미심장한 미소를 지으며 그 누나 꽤 예뻐요, 라고 나에게 속삭였다. 그런 건 아니었는데 어쩌다 보니 예쁘다는 말을 듣고 만남을 수락한 것처럼 되어버렸다.

현식은 퇴근 시간이 다 되었을 때 사내 메신저를 통해 그녀의 연락처를 알려주며 자신이 미리 얘기해 놓았으니 바로 연락하면 될 거라고 했다. 추진력 좋네. 나는 그에게 땡큐! 라고 답문을 보냈다. 퇴근 후 사람으로 가득 찬 지하철을 타고 집으로 가면서 그녀에게 문자 메시지를 보냈더니 예상과는 달리 바로 답이 왔다. 우리는 메시지를 통해 인사를 나누었고, 내 동료이자 그녀의 후배인 현식을 서로 짧게 언급했으며, 돌아오는 토요일로 만나는 날짜를 잡았다. 약속 장소는 그녀가 종각을 제안했고 나도 괜찮다고 했다. 그렇게 그녀와 문자를 몇 통 주고받는 사이 지하철은 어느새 내릴 역에 도착했다.

겨울바람이 매섭게 차가운 1월 둘째 주 토요일 오후, 나는 종각역 12번 출구 인근 의류 매장 앞에서 코트 주머니에 두 손을 찔러 넣고 눈 밑까지 목도리를 끌어 올린 채 지하철 출구를 바라보며 그녀가 오기를 기다렸다. 그날은 곧 눈이라도 쏟아질 것처럼 낮게 깔린 회색 구름이 하늘에 가득했지만, 미리 확인한 일기예보에 눈 소식은 없었다.

의류 매장에서는 이월 상품의 세일을 알리는 안내방송을 철 지난 인기 가요와 함께 큰소리로 반복해서 알렸다. 세일 기간이 얼마 남지 않았다고 요란하게 광고했지만, 내가 알기로 이 매장은 1년 내내 세일을 했다. 이런 광고에 누가 속을까 싶기도 한데 거리를 오가던 몇몇 사람들이 방송에 관심을 보이며 매장 앞에서 서성거렸고 일부는 매장 안으로 들어갔다. 그때마다 매장 앞에 서 있던 나는 굳이 안 그래도 되었지만 한두 걸음 옆으로 비켜서곤 했다.

그녀는 약속된 시간인 3시에서 2분 정도 지난 후 나타났다. 12번 출구로 나올 것이라는 나의 예상과 달리 그녀는 출구와는 전혀 다른 방향에서 걸어왔다. 수줍은 목소리로 자신이 만날 상대가 나인지 확인한 그녀는 곧바로 늦어서 미안하다고 했다.

"버스정류장에서 여기까지 걸어오는데 예상보다 오래 걸리더라고요. 미안해요."

나는 손목시계를 슬쩍 본 뒤 최대한 밝게 웃으며 아니라고, 시간 맞춰 오셨다고 말했다. 나는 12번 출구 앞에서 만나자고 한 그녀의 말에 당연히 지하철을 타고 올 거라 예상했는데 버스를 타고 왔다기에 잠깐 의아했지만 그게 딱히 문제 될 건 없었다.

그녀는 현식의 말마따나 꽤 예뻤다. 분명 그녀를 본 대부분이 그렇게 생각하지 않을까 싶은 외모였다. 하얗고 갸름한 얼굴에 쌍꺼풀 없는 큰 눈이 매력적으로 보였고, 날렵한 콧선도 인상적이었다. 미소를 지을 땐 왼쪽 볼에 작은 볼우물이 패였다.

"우선 카페로 자리를 옮길까요?"

"이 근처에 제가 아는 괜찮은 홍차 전문 카페가 있는데, 혹시 거기 가는 건 어떠세요?"

홍차에 대해서는 거의 알지 못했지만 커피를 마시면 되니 상관없을 것 같아 좋다고 했다. 하지만 그곳은 정말 말 그대로 홍차 전문이어서 홍차만 파는 카페였다. 난 홍차의 종류가 그렇게 많은지 메뉴를 보고 그때 처음 알았다. 순간 당황했지만 티를 내지 않으려 최대한 자연스럽게 그녀에게 추천을 부탁했고 그녀는 내게 얼그레이를 추천해 주었다.

"전 사실 커피를 마시지 않아요."

특별한 이유가 있냐고 물었더니 그녀는 특별한 이유는 없다고, 그저 커피의 쓴맛을 별로 좋아하지 않는다고 말했다. 나는 아, 그렇군요, 라고 말하듯 어깨를 살짝 으쓱했다.

잠시 후 각자 주문한 홍차가 담긴 티팟과 잔이 나왔다. 우리는 홍차와 함께 그녀가 추천한 설탕이 잔뜩 뿌려진 레몬 파운드케이크를 먹으며 대화를 나누기 시작했다. 처음엔 서로에게 공통되는 포인트가 현식이밖에 없었기에 어쩔 수 없이 그가 대화의 소재가 되었다. 그녀는 그가 학교에 다닐 때만 해도 굉장히 촌스러웠고 변변치 못한 아이였다는 사실을, 지금은 당시에 비하면 굉장히 세련돼졌다는 사실을 알려주었다. 내가 장난스럽게 지금도 그렇게 썩 세련된 것 같지는 않다고 하니 그녀는 재밌는지 손뼉을 치며 활짝 웃었다. 눈이 길게 가늘어지는 그녀의 웃는 모습이 티 없이 선하게 보여 나도 모르게 미소가 지어졌다.

"그때 현식이가 날 좋아했어요, 분명. 물론 나에게 직접 고백한 적은 없었지만 그 애가 나를 대하는 태도나 분위기가 그랬었어. 그런 걸 상대방이 모를 수는 없는 거잖아요? 그런데도 아닌 척 그러는 게 어찌나 귀여웠는지."

"어, 그러면 이놈이 자기가 좋아했던 여자를 나에게 소개해 준 거네요. 기특한 놈."

"애가 그때도 착하긴 했어요."

우리는 킥킥거리며 웃었고, 홍차를 한 모금 마셨으며, 케이크를 작게 잘라 입에 넣었다. 얼그레이의 은은한 향 뒤로 상큼하면서 달콤한 맛이 혀 위에서 부드럽게 퍼졌다. 얼그레이도, 레몬 파운드케이크도 모두 처음이었는데 꽤 인상적이었다. 아무래도 난 둘 다 좋아하게 될 것만 같다는 느낌이 들었다.

우리의 대화는 오랜 시간 이어졌다. 그녀와 나는 티팟에 뜨거운 물을 추가하여 한 번씩 더 차를 우려 마셨다. 물론 잠깐씩 대화가 끊기며 어색한 침묵이 흐르려 할 때도 있었지만, 그때마다 누가 먼저랄 것도 없이 자연스럽게 새로운 화제를 꺼냈다. 우리는 둘 다 서로 끝도 없이 주고받는 이야기에 깊이 빠진 게 분명했다. 사는 곳, 회사 생활, 좋아하는 음식과 자주 가는 장소, 최근의 취미 생활 등 연관성 없는 다양한 주제에 관해 꽤 즐거운 대화를 나누었다.

그녀는 과장되지 않은 농담을 적절히 섞으며 나를 웃게 했고, 특별하지 않은 나의 농담에 내내 잘 웃었다. 그녀의 웃음은 내가 평소보다 더 많은 말을 하게 만들었다. 그리고 나는 자연스럽게 그녀에게 호감을 품게 되었다. 누군가에게 첫 만남부터 이렇게 호감이 생긴 건 처음인 것 같았다. 난 그녀와 더 많은 대화를 하고 싶었다.

"혹시 괜찮으면 자리를 옮겨 술이라도 한잔하는 건 어때요?"

조심스럽게 그녀에게 물었는데 그녀는 흔쾌히 좋다고 했다.

밖으로 나오니 해는 이미 저물기 시작해 희미한 어둠이 거리에 천천히 스며드는 중이었다. 낮보다 낮아진 기온 때문에 내쉬는 숨은 더 선명한 하얀색으로 모습을 드러냈다. 나는 전에 몇 번 가본 적 있는 작은 일본식 주점을 제안했고, 우리는 외투 주머니에 손을 넣은 채 종종걸음으로 그곳을 향했다.

주방과 마주하고 있는 기다란 테이블에 나란히 앉아 튀김과 어묵탕, 그리고 따듯하게 데운 정종을 주문했다. 아늑한 분위기에서 맛있는 음식과 술을 함께 하니 대화는 한결 더 편해지고 친밀해졌다.

"바다, 좋아하세요?"

천천히 술잔을 기울이며 계속해서 이런저런 대화를 나

누던 중에 그녀가 조금은 뜬금없이 물었다. 아마도 벽에 걸려있는 달력을 보고 한 말인 듯했다. 함박눈이 내리는 바닷가 풍경 사진이 인쇄된 달력은 주류회사의 홍보용이 분명해 보였다. 사진 속 바다의 풍경에는 구름이 낮게 깔린 하늘 아래로 방파제가 어두운 바다를 향해 뻗어 있었으며, 방파제 끝에는 붉은 등대가 쓸쓸히 서 있었다. 어딘가 슬프고 외로워 보이는 풍경이었다.

"바다를 보고 있으면 마음이 차분해지고 편안해지는 게 느껴져요. 그래서 마음이 어수선하거나, 복잡하거나, 괜히 이유 없이 우울할 때면 인적 드문 해변을 찾아가 가만히 바라봐요. 끊임없이 밀려오는 파도를요. 그러면, 말로는 정확히 표현하기 어려운데, 마치 위로받는 것 같은 기분이 들어요. 다시 마음을 다잡고 새롭게 시작할 수 있게끔 절 응원하는 것 같기도 하고요."

그녀는 사진을 응시한 채 테이블 위의 따뜻한 술잔을 두 손으로 감싸 쥐고 나중에 기회가 되면 꼭 동해나 남해 그 어디라도 바다가 보이는 곳에서 살고 싶다고 했다. 그곳에서 작은 식당이나 카페를 운영하며 느리고 조용하게 사는 삶이 자신이 꿈꾸는 삶이라며.

"멋지네요, 그런 삶."

"멋지죠? 꼭 그렇게 살 거라고요."

"나중에 놀러 갈게요."

그녀는 나에게 시선을 돌리며 미소 지었다. 그리고 혹시 원하는 삶의 모습이 있냐고 물었다. 생각해 보니 따로 그런 생각을 해본 적은 없었다. 그저 막연히 하루하루를 무사히 살아갈 수 있기만 바랄 뿐이었다. 원하는 삶을 물어보는 질문은 생소했다. 나는 괜히 부끄러워 그냥 잘 모르겠다고 했다. 그녀는 나에게도 분명 마음이 편안해지는, 마치 온 우주가 나를 보듬어 주는 것처럼 느끼는 삶의 순간이 있을 거라 했다. 자신이 바다를 바라볼 때와 같은.

이후에도 서로 많은 이야기를 했다. 살았던 얘기와 살아가는 얘기들, 그리고 아직은 잘 알 수 없는 살아갈 얘기들. 이런저런 얘기 중에 내가 얼마 전에 만 서른 살이 됐고 그래서 슬프다고 말했다.

"어, 저도 며칠 전에 만 서른 살이 되었어요."

알고 보니 그녀의 생일은 나보다 일주일 늦은 1월 9일이었다. 나는 며칠 지나긴 했지만 생일 축하한다고 했고, 그녀는 고맙다고 하며 그런데 왜 서른 살이 된 게 슬프냐고 물었다. 나는 잠시 생각하다 대답했다.

"그냥 한 해 한 해 나이를 먹는다는 게, 그리고 이제 더는 어떻게 해도 이십 대가 될 수 없는 나이가 되었다는 게 슬픈 거죠."

"충분히 그 기분 공감하지만, 돌아갈 수 없는 이십 대를 그리워해봤자 아무 소용없죠, 뭐. 그래도 우리는 삼십 대 중에서 가장 어린 나이니 그걸로 위안 삼아요."

그러면서 그녀는 젓가락으로 국물 속 조개를 건져 올려 내게 향하며 말했다.

"정말 갓 잡아 올린 것 같은 신선한 서른 살!"

그리고는 자신이 나보다 일주일 더 신선하다는 점을 강조하며 조갯살을 발라 먹었다. 그 모습이 장난스러운 듯 귀엽게 보여 나도 모르게 웃었고, 그녀도 따라 웃었다.

9시가 조금 넘어 우리는 주점에서 나왔다. 솔직히 그녀가 마음에 들었고 함께 더 시간을 보내고 싶었지만 첫 만남이니 오늘은 이 정도에서 마무리하는 게 좋을 것 같았다. 그녀가 버스를 타는 정류장까지 함께 걸어가는 중에 예보에는 없던 눈발이 날리기 시작했다. 천천히 내려앉은 눈송이는 아스팔트에 닿자마자 녹아버려서 쌓일 것 같지는 않았다. 하지만 그녀는 눈 때문에 도로가 미끄럽지는 않을지, 그래서 버스가 늦어지는 건 아닐지 걱정했다. 그러면 지하철을 타고 가는 건 어떠냐고 물으니 지하철은 갈아타야 해서 번거롭다고 했다. 나는 확신할 수는 없었지만 이 정도 눈이면 괜찮을 거라고 말하며 그녀를 안심시켰다.

정류장에 도착하자 다행스럽게도 그녀가 타야 하는 버

스가 바로 왔고 우리는 인사를 했다. 버스에 타기 전 머리와 어깨에 살포시 쌓인 눈을 털고 있는 그녀에게 혹시 괜찮으면 다음에 다시 만나 밥을 먹는 건 어떠냐고 물었다. 그녀는 좋아요, 라고 말하고 몸을 돌려 손을 흔들며 버스에 올라탔다.

며칠 뒤 퇴근 후 그녀의 회사가 있는 광화문 인근에서 그녀와 저녁 식사를 했고, 식사를 마친 뒤 난 그녀에게 사귀자고 말했다. 너무 즉흥적인 건가 싶어 살짝 걱정됐는데, 다행히 그녀도 수줍게 웃으며 나의 고백을 받아주었다.

1월 16일. 우리가 사귀기 시작한 날은 그녀의 생일에서는 일주일, 내 생일에서는 이 주일 후였다. 만약 우리가 내년에도 사귀고 있다면 서로의 생일과 기념일을 챙기느라 새해의 첫머리가 매우 바쁠 것 같았다.

잠깐 고민을 했지만 그녀와 사귀기로 했다는 소식을 현식에게 알렸다. 생각해 보니 알려주지 말아야 할 이유도 없었다. 예상외로 현식은 별로 놀라는 기색도 없었다. 덤덤하게 축하해요, 하더니 그저 담배를 한 모금 피우고 커피를 마셨다. 그의 반응에 살짝 김이 새긴 했지만, 나는 소개해 줘서 고맙다고 하면서 장난삼아 그녀에게 들었던 이야기를 했다.

"그런데, 너 학교 다닐 때 걔 좋아했었다며?"

뭔 소린가 하던 현식은 곧 별거 아니라는 듯 싱겁게 웃었다.

"아, 그땐 좋아했죠. 나 말고도 좋아한 남자들 많았지. 내가 알기론 학교에서 씨씨도 몇 번 했어요."

나에게 일부러 하는 말인지, 아니면 옛 생각에 그냥 혼자 주절거린 건지 확실하지 않았지만 현식의 말에 의하면 그녀는 학창 시절 사귀었던 남자들하고 대부분 오래 가진 못했다고 했다. 왜냐고 물었더니 황급히 대화를 마무리하듯 이유는 알지 못한다고 하면서 다 옛날 어릴 적 얘기라고 얼버무렸다. 나는 딱히 대꾸하진 않았다. 그다지 신경쓸 필요 없는 얘기라 여겼다. 그녀의 과거는 아무래도 상관없었으니까.

"뭐 어쨌든 덕분에 2013년의 미션을 달성했으니 나중에 술 한잔 살게."

나는 피우던 담배를 남은 커피에 담가 꺼버린 뒤 추우니까 그만 들어가자고 말했다. 종이컵을 그대로 쓰레기통에 버리고 점퍼 주머니에 양손을 찔러 넣은 채 사무실로 먼저 향하면서 나는 이상하게 가슴이 두근거렸고 신경이 조금 날카로워진 것 같다고 느꼈다.

겨울도 끄트머리에 온 듯 한결 기온이 포근해진 2월 말의 토요일 오후, 그녀와 나는 종로의 한 카페에서 만나 창가에 자리를 잡았다. 4층에 있는 카페의 창밖으로 회색빛 하늘 아래 오밀조밀 모여 있는 오래된 건물들이 보였다. 그 풍경은 마치 고전 흑백 영화의 한 장면 같아 보였다.

"난 어떤 면에서 고집이 조금 있는 편이야,"

느긋하게 차를 마시며 서로 좋아하고 싫어하는 것을 얘기하던 중 그녀가 말했다.

"어떤 면에서?"

"사람들이 조금 유별나다고 생각할 수도 있는 것들."

그녀가 웬만해선 양보하지 않는 취향은 다음과 같은 것들이었다. 처음 만났을 때 알게 된 것처럼 커피는 마시지 않았고, 외국 음식보다는 한식을 더 좋아했다. 좋아하는 음식별로 자신이 선호하는 식당이 있어서 그 음식을 굳이 새로운 식당에서 경험해 보는 것을 좋아하지 않았다. 왼손잡이였지만 음식을 먹을 땐 꼭 오른손으로 젓가락질했다. 이동할 땐 어쩔 수 없는 경우가 아니면 지하철은 타지 않고 버스나 택시를 이용했다. 날씨만 괜찮다면 조금 먼 거리라도 걷는 걸 좋아했다. 옷이나 액세서리 등을 살 때도 선호하는 브랜드가 확고해서 이런저런 여러 브랜드를 비교하지 않았고, 덕분에 쇼핑에 긴 시간이 걸리지 않앉다. 다니던 미용실의 담당 디자이너가 대중교통으로 한 시간 이상 걸리는 다른 지역으로 옮겨도 그녀는 당연하다는 듯 그 디자이너를 찾아갔다. 종합해 보면 그녀는 자신이 선택한 기준에서 벗어나는 걸 별로 좋아하지 않는 편이었다.

"하지만 모든 게 그런 건 아니야. 그러면 사람이 너무 빡빡해 보이잖아. 불편하기도 하고."

"그렇긴 하지."

확고한 자신의 선택 기준이 있다는 건 분명한 장점이지만, 한편으론 선택지가 다양하지 못하기에 나름대로 불편할 것 같았다.

"어떻게 보면 사람을 만나는 건 그렇게 깐깐한 것 같지는 않아. 새로운 사람을 만나는 걸 좋아하고, 또 그런 사람과 쉽게 친해지는 것 같기도 하고."

그녀의 말에 얼마 전 현식에게 들었던 말이 퍼뜩 떠올랐다. 그녀가 예전에 남자 친구가 많았다는 말. 새로운 사람을 만나고, 그 사람과 쉽게 친해지고, 그중에서 몇몇 이성과는 조금 더 가까운 관계가 되고, 그러다 관계가 틀어지고, 결국엔 다시 처음부터 그러한 과정을 반복하는 그녀의 모습이 머릿속에 그려졌다. 어쩌면 나도 그렇게 계속되는 반복 중의 한 번일 수도 있겠다는 생각이 들었다. 만약 그렇다면 나는 그녀에게 어떠한 기억으로 남게 될지 궁금했다. 이왕이면 좋은 쪽으로든 나쁜 쪽으로든 부디 살아가면서 적어도 한 번은 떠올릴 만한 기억이었으면 좋겠다고 생각했다. 아무런 기억도 남기지 못한 채 존재 자체가 희미해져 버리는 건 너무나 비참할 것 같았다.

이런 생각을 하며 말없이 녹차만 홀짝이고 있는 내 얼굴 앞에 그녀가 손바닥을 흔들면서 무슨 생각을 그렇게 하냐고 물었다. 나는 고개를 저으며 화제를 돌리기 위해 다른 얘기를 꺼냈다.

"그런데, 얼마 전에 알았는데 대화를 주고받을 때 보니까 고개를 오른쪽으로 살짝 돌리고 왼쪽 귀를 내미는 습관이 있는 것 같더라."

그녀는 내게 관찰력 좋다고 하며 사실 오른쪽 귀가 잘 들리지 않는다고 말했다. 어렸을 적 어떤 사고를 당해 고막을 다쳤는데 그때 이후로 가까이에서 나는 소리도 오른쪽 귀에는 마치 물속에서 바깥소리를 듣는 것처럼 먹먹하게 들린다고 했다. 그러다 보니 자기도 모르게 왼쪽 귀를 소리 나는 곳으로 향하는 버릇이 생겼다는 것이었다. 그녀는 자신 때문에 내가 불편을 느낄 수도 있을 거라 했다. 나는 전혀 불편하지 않다고 했다.

"오히려 왼쪽 귀를 내밀 때마다 보이는 왼쪽 볼의 보조

개와 가느다란 하얀 목이 보기 좋아."

그녀는 내 말에 부끄러운 듯 미소 지었다.

"보청기를 사용해 보는 건 어때?"

그녀는 보청기를 이미 가지고 있으며, 보청기를 끼면 확실히 불편함이 줄긴 하지만 자신은 왠지 마음에 들지 않는다고 했다.

"괜히 그렇게 느끼는 거겠지만 난 오히려 답답하고 더 부자연스럽더라고. 그래서 정말 필요한 때, 예를 들어 중요한 회의에 참석한다거나 하는 정도가 아니면 사용하지 않아."

"번거롭겠다. 사실 나도 시력이 좋은 편이 아니라 안경을 쓰지 않으면 글자가 선명하게 보이지 않는데, 안경을 쓰는 게 너무 귀찮아서 일할 때를 제외하고는 쓰지 않아."

고개를 살짝 돌리고 왼쪽 귀를 나에게 향한 채 내 말을 듣고 있던 그녀가 나를 바라보며 말했다.

"우리는 둘 다 비슷한 핸디캡을 가지고 있네, 나는 귀, 너는 눈."

그러고는 손으로 오른쪽 귀를 가렸다. 그 모습을 본 나도 손으로 두 눈을 가렸다.

겨울이 지나가면서 새로운 계절이 성큼 다가왔다. 머

리를 헝클이는 바람이 연일 요란하게 불었지만, 그 바람이 남아있는 겨울의 흔적을 멀리 밀어내는 것 같아 싫지는 않았다. 어느새 몰라보게 따스해진 오후의 햇살은 반갑게 봄꽃을 불러냈고, 거리는 산뜻한 봄의 색깔로 조금씩 채워졌다.

봄기운이 완연한 4월의 어느 토요일, 우리는 벚꽃 구경을 위해 남산 소월길을 걷기로 했다. 약속 장소인 남산 방면으로 올라가는 골목 초입의 작은 공원에 도착했을 때 벤치에 앉아 나를 기다리고 있는 그녀가 보였다. 그녀는 이어폰을 꽂고 있었는데 나를 보더니 반갑게 인사를 하고 이어폰을 빼 천천히 정성스럽게 감아 가방에 넣었다. 남산으로 걸어가는 길에 이번에도 윤종신을 듣고 있었냐고 물으니 그녀는 웃으며 며칠 전 그의 새로운 노래가 나왔다고 했다.

그녀는 윤종신의 노래를 좋아했다. 다른 가수의 노래는 그렇게까지 좋아하지는 않았다. 내 생각에 윤종신의 노래도 그녀가 가지고 있는 일종의 고집스러운 취향 중 하나였다. 그녀는 어릴 적 「오래전 그날」을 듣고 그의 음악을 좋아하게 됐다고 했다. 열두 살 여자아이가 그 노래를 좋아했던 걸 보면 아마도 당시 그녀는 또래의 소녀들보다 조금 더 성숙한 감수성을 가지고 있지 않았을까 싶었다.

소월길의 산책로를 따라 이어진 벚나무는 가지마다 연분홍 꽃이 만발해 장관을 이루었다. 무성한 벚꽃이 만들어내는 풍경에서 한없이 부드럽고 따스한 기운이 느껴졌다. 그녀와 손을 잡고 그 풍경 속을 천천히 걷던 중 그녀에게 윤종신의 노래가 왜 그렇게 좋은지 물었다. 그녀는 잠시 시간을 들여 생각했다. 마치 자신이 진심으로 좋아하는 것에 대해 신중하게 말하고 싶은 것처럼.

　"음, 뭐랄까. 정확히 설명하기는 어려운데, 무엇보다 가사가 참 좋아. 화려하지 않고 담담하게 이야기를 들려주는 것 같은 가사가. 가만히 듣고 있으면 어떤 풍경이 떠오르거든. 거기엔 흘러가는 일상과 계절이 있어. 사람들은 그 안에서 서로 사랑을 하고, 때론 외로워하고, 또 때론 이별도 해. 그리고 후회를 하고. 그러한 장면이 그의 목소리를 통해 하나하나 펼쳐지는 거야. 난 그게 참 좋아."

　나는 그의 노래를 많이 알지는 못했지만, 그녀의 말을 듣고 곰곰이 생각해 보니 그런 것 같기도 했다. 그녀는 그의 노래가 일상과 사랑의 풍경을 서정적이면서도 잔잔하게 들려준다고 했다.

　그리고 그녀는 무엇보다 그의 꾸준함을 좋아한다고 했다. 20년이 넘도록 가수로 활동하고 있는 것도 대단하지만, 2011년부터 〈월간 윤종신〉이라는 프로젝트를 통해 매달 새로운 노래를 한 곡 이상 발표한다는 건 정말 대단한 일이라고 했다. 2013년에도 그 프로젝트는 여전히 진행 중이었고, 올해는 자신의 예전 노래를 새롭게 리메이크해 매달 발표했다. 그래서 그녀는 자신이 예전에 좋아했던 노래를 새로운 감성으로 다시 들을 수 있는 것에 진심으로 행복해했다.

"난 꾸준한 게 좋아. 비록 사소한 일일지라도 파도가 멈추지 않듯 꾸준하게 한다면 그건 정말 굉장히 멋진 일이라고 생각해."

우리는 잠시 벤치에 앉았고, 그녀는 스마트폰에 연결한 이어폰의 오른쪽을 내게 주었다. 2월과 3월에도 그랬던 것처럼 그녀는 왼쪽, 나는 오른쪽 귀에 각각 이어폰을 꽂고 4월에 발표된 윤종신의 「부디」를 함께 들었다. 노래를 듣던 중 그녀는 나의 손을 꼭 잡으며 자신에게 꾸준한 사람이 되어달라고 말했다. 매달 발표되는 윤종신의 노래처럼 변치 말고 곁에 있어 달라고 했다. 나는 그녀의 왼쪽 귀에서 이어폰을 빼고 수줍은 비밀을 전하듯 언제나 변하지 않고 곁에 있을 거란 약속을 조용히 속삭여 주었다.

4월의 부드러운 바람에 벚꽃잎이 흩날렸다. 나는 그녀의 어깨를 살며시 안으며 보드라운 입술에 키스했고, 남산타워는 흐드러진 벚꽃 사이로 조용히 우리를 내려다보았다.

*

　우리는 마치 오랜 시간 서로 떨어져 있다가 만나게 된 연인이 그렇게 해야지만 떨어져 있던 만큼 비어버린 시간의 공백을 채울 수 있다고 믿는 것처럼 부지런히 함께 보냈다. 주말의 데이트는 고정된 일정이었고, 평일에도 서로 특별한 일이 없으면 퇴근 후 함께 저녁을 먹고 차를 마셨다. 우리에겐 그렇게 하는 게 당연한 것처럼 여겨졌다.

　만나서 딱히 특별하게 하는 게 없어도 그저 함께 있는 것만으로 편안한 기분을 느낄 수 있어 좋았다. 그렇게 함께 있다가 시간이 늦으면 그녀를 집까지 바래다주었다. 연희동에서 버스를 타고 내가 사는 정릉동으로 돌아오면 12시를 넘어서기 일쑤였지만, 그게 귀찮거나 피곤하다고 느껴지진 않았다. 헤어짐은 항상 아쉬웠고 택시를 타도 좋으니 그녀와 더 오랫동안 함께 하고 싶었다.

　우린 둘 다 그렇게 활동적인 편은 아니어서 시내의 카페나 공원, 거리의 벤치에 앉아 풍경을 바라보며 대화를 나누는 시간을 좋아했다. 그리고 그녀가 걷는 걸 좋아했기에 날씨가 좋은 날이면 서울의 이곳저곳을 손을 잡고 천천히 걸어 다니기도 했다. 그녀가 사는 연희동은 물론 주변의 연남동, 서교동, 합정동, 상수동을 걸었고, 종로와 대학로, 경복궁 주변도 우리가 좋아하는 장소였다. 가끔 한강을 건너가기도 했지만 아무래도 우리에겐 강남보다는 강북 지역이 더 편한 장소였다. 우리는 그렇게 겨울과 봄을 거치며 우리의 발걸음이 익숙한 거리와 장소를 하나하나 늘려갔다.

4월 말에 그녀와 사귄 지 백 일째 되는 날을 맞이해 나는 그녀에게 구두를 선물하고 싶었다. 선호하는 브랜드가 무엇인지는 몰랐지만 평소 그녀의 스타일을 생각하며 인터넷을 뒤지고 백화점을 몇 번씩 돌아다녔다. 현식은 점심시간에 여자 구두를 검색하고 있는 나에게 신발을 선물로 주면 신고 떠나는 거 모르냐며, 백일 기념으로 헤어지고 싶은 거냐며 장난스럽게 말했다. 재수 없는 소리 하지 말라고 그를 무시했지만 솔직히 그런 미신이 전혀 신경 쓰이지 않는 건 아니었다. 그럼에도 나는 그녀에게 구두를 선물하고 싶었다. 왜 그런지 이유는 알지 못했다. 단지 그녀가 내가 준 구두를 신고 옆에서 걷는 모습을 상상하면 나도 모르게 기분이 좋아졌다.

선물을 받은 그녀는 기뻐했다. 자기 발에 구두가 딱 맞자 어떻게 사이즈를 알았냐며 신기해했다. 싱긋 웃으며 정말 마음에 든다고, 고맙다고 한 그녀는 다음번에는 카드도 함께 주면 더 좋을 것 같다고 말했다. 자신은 손으로 직접 쓴 카드를 받는 걸 정말 좋아한다고 하면서.

그녀도 나를 위해 선물을 준비했다. 손목시계였다. 짙은 갈색 가죽 스트랩과 은색 메탈 케이스, 그리고 흰색 다이얼의 깔끔한 디자인이었다. 선물과 함께 준 카드의 겉면에는 하트를 껴안은 귀여운 새끼 곰이 그려져 있었다. 카드를 펼치니 내가 평소에 항상 차고 다니는 시계의 스트랩이 낡아 보여 바꿔주고 싶었지만 어떻게 해야 하는지 몰라 아예 새 손목시계를 샀다고 작은 글씨체로 또박또박 쓰여 있었다. 그리고 내가 항상 시계를 차고 다니듯 그렇게 자신을 항상 생각해 달라고, 자신도 그러하겠다고 쓰여 있었다. 나는 안 그래도 시계를 바꿀 때가 됐다고 생각하던 참에 마침맞게 받은 선물이 마음에 들었고, 언제 받아봤는지 기억도 나지 않는 손으로 쓴 카드가 무척 고마웠다.

"사실 시간은 보통 스마트폰으로 확인하는 거 같아. 그런데도 어릴 때부터 차던 게 습관이 되어서인지 손목시계를 차지 않으면 왠지 모르게 허전하고 신경이 쓰이고 그래. 조금 과장하면 벌거벗은 것 같은 느낌이랄까."

선물 받은 시계를 상자에서 꺼내 기존 손목시계를 풀

고 손목에 차 보았다. 길이 들지 않아 빳빳한 가죽 스트랩을 손목에 감고 둘레에 맞춰 버클을 채우는 느낌이 낯설었지만 곧 나에게 꼭 맞게 익숙해질 느낌이었다. 나는 손목에 찬 시계를 손끝으로 어루만졌다.

"이제부터는 이 시계를 매일 차고 다니며 항상 생각할게."

내 말에 그녀는 선물을 선택하는 것에 고민이 많았는데 다행히 나한테 꼭 맞는 선물을 준 것 같다며 진심으로 기뻐했다.

나는 다음 날부터 바로 선물 받은 손목시계를 차고 다녔다. 그녀도 나와 만날 때 내가 준 구두를 신고 나왔는데, 물론 매번 그 구두를 신고 나오지는 않았다. 그게 당연하다는 걸 이해하면서도 그녀가 다른 구두를 신고 나오면 괜히 서운하기도 했다. 그래도 그녀가 선물 받은 구두를 신고 나왔을 때마다 그녀의 작고 귀여운 발을 감싸고 있는 매끈한 가죽을 보면 기분이 좋았고, 그녀가 걸을 때마다 명료하게 울리는 구두 굽 소리에 나도 모르게 마음속으로 박자를 맞추곤 했다.

짧은 봄날은 금세 지나갔고 곧 여름이 찾아왔다. 낮의 길이가 서서히 길어졌으며 가로수는 점점 더 짙어지는 녹음을 무심하게 거리에 드리웠다. 윤종신은 5월과 6월에 걸쳐 「너에게 간다」와 「나에게 온다」라는 제목의 노래를 연달아 발표했다. 오랜만에 다시 만나게 되는 연인의 감정을 남자와 여자의 입장으로 한 곡씩 이어서 발표하는 게 꽤 흥미로웠다. 그녀는 역시나 윤종신의 노래가 발표될 때마다 나에게 알려주었고, 우리는 각자의 한쪽 귀에 이어폰을 끼고 수없이 반복해서 노래를 들었다. 그가 매달 발표하는 노래는 매 시각 어김없이 울리는 동네 성당의 종소리처럼 우리가 함께하는 시간이 계속해서 흐르고 있다는 것을 알려주었다.

    6월의 막바지에 이르자 어김없이 장마가 시작되었다. 하늘엔 수묵화의 색을 연상시키는 비구름이 가득한 날이 잦았고, 공기는 무덥고 습했다. 날씨 때문에 우리는 실내에서 많은 시간을 보내야만 했다. 그녀는 어차피 실내에만 있을 거 다음에는 자기 집에서 만나자 했다. 마침 돌아오는 토요일에 함께 사는 동생이 밤늦게나 돌아올 예정이니 괜찮으면 오후에 오라고 했다. 자신이 직접 식사도 준비하겠다면서.

    토요일은 아침부터 가느다란 비가 내리기 시작했고 시간이 지나도 그칠 기미는 보이지 않았다. 처음으로 그녀의 집에 가는데 빈손으로 갈 수는 없기에 언젠가 지인으로부터 비싼 거라고 선물 받아 찬장 속에 보관만 해두었던 와인을 꺼내었다. 그리고 특별한 이유는 없지만 화분을 선물하고 싶어 그녀의 집 근처에 있는 꽃집에 들렀다. 어떤 게 좋을지 고민하는 내게 주인은 오렌지자스민을 추천했다. 꽃을 피우면 향기도 좋고 꽃말도 사랑의 기쁨이라 연인에게 선물로 주기 좋은 화분이라고 했다. 주인은 검은색 단발머리에 피부가 고운 중년의 여성이었는데 차분한 목소리가 묘한 신뢰감을 주었다. 무엇보다 오렌지자스민이란 이름 자체가 마음에 들어 자그마한 그 화분을 샀다. 화분을 받은 그녀도 예쁜 이름이라고 좋아하며 잎에 코를 가까이 대어 향을 맡아보았다. 그녀는 화분을 어디에 두면 좋을지 잠시 고민하다 거실 선반 위 가족사진 액자 옆에 두었다.

그녀의 집은 서울의 주택가에서 흔히 볼 수 있는 붉은 벽돌의 오래된 빌라 4층이었는데 거실과 부엌이 꽤 넓었고 방도 3개였다.

"동생과 단둘이 살기에는 집이 너무 큰 거 아냐?"

그녀는 원래 부모님과 함께 살던 집이었는데 아버지가 1년 전 정년퇴직을 하신 이후 두 분은 경기도 교외에 집을 얻어 나가셨다고 했다.

"아버지가 만성폐쇄성폐질환이라 기침과 가래를 달고

살거든."

그녀의 말에 의하면 어머니는 서울에서 정기적으로 병원에 다니며 치료와 관리를 하는 게 필요하다고 생각했지만, 아버지는 공기 좋고 물 좋은 곳에서 지내면 분명 자신의 병이 좋아질 거라 하면서 고집을 꺾지 않았다고 했다.

"사실 전원생활은 아버지가 오래전부터 꿈꾸었던 거였어. 덕분에 의도치 않게 독립하게 되긴 했는데, 동생과 둘이 살기엔 집이 너무 크긴 해. 청소하는 데 시간도 너무 오래 걸리고."

주방에서 그릇과 주방 도구들의 달그락 소리가 요란하게 들렸다. 그녀는 그냥 간단하게 차렸다 했지만 만들어진 음식은 여느 레스토랑과 차이가 없을 정도로 훌륭했다. 호밀 식빵과 카프레제 샐러드, 양파를 곁들인 훈제 연어와 아보카도, 그리고 접시가 넘치도록 바지락이 풍성하게 들어간 봉골레 파스타까지. 우리는 음식이 담긴 접시를 함께 식탁으로 옮겼다. 내가 가져온 와인도 함께 하려 했는데 그녀의 집에는 와인 잔이 없어서 그냥 일반 유리잔에 와인을 따랐다. 하지만 문제 될 건 없었다. 와인은 향기로웠고 음식 맛은 부족함 없이 훌륭했다. 우리는 천천히 오랜 시간 동안 식사를 했다.

"지금도 서른이 되었다는 게 슬퍼?"

식사가 거의 마무리될 때쯤 그녀가 나에게 물었다.

"음, 연초만큼은 아니지만 그래도 완전히 아니라고는 할 수 없지."

나는 와인을 한 모금 마시고 계속해서 말했다.

"가끔 그럴 때 있잖아, 무심코 본 약봉지에 적혀 있는 내 나이를 본다든가 했을 때. 그렇게 예상치 못한 순간에 내가 서른이 되었다는 걸 종종 깨닫게 되는데, 그럴 때면 내 안에 있던 이십 대의 내 모습 일부가 조용히 사그라지면서 텅 빈 공백이 점점 늘어가는 기분이 들어. 먼지만 쌓여가는 그 공백을 무엇으로 채워야 하는지 아직도 잘 모르겠어. 그래서 뭔가 안타깝기도 하고 허탈하기도 하고, 뭐 그런 기분이야."

그녀는 자신도 그 기분을 알 것 같다고 하며 최근에 자신이 본 영화를 얘기했다.

"얼마 전에 채널을 이리저리 돌리는데 영화 채널에서 「벤자민 버튼의 시간은 거꾸로 간다」를 하더라고. 혹시 봤어?"

"아니."

나는 병에 남아있던 와인을 그녀와 내 잔에 모두 따랐다.

"나도 안 봐서 별 기대 없이 보기 시작했는데, 이게 꽤 괜찮았어. 줄거리는 대충 알지? 벤자민이라는 주인공이 늙은 채로 태어났는데 시간이 흐를수록 점점 젊어지는 거."

그녀는 영화의 대략적인 줄거리를 말해줬다. 벤자민과 그의 연인 데이지, 시간이 서로 반대로 흘렀던 두 연인의 이야기. 그녀는 영화를 보고 나서 흘러가는 시간에 관해 생각하게 되었다고 했다.

"시간이 평범하게 흐르는 데이지에게도, 거꾸로 흐르는 벤자민에게도 결국 시간이 흐른다는 건 마찬가지였어. 그건 누구도 멈출 수 없고 되돌릴 수도 없는 거였지. 영화 중간에 나이 든 것을 슬퍼하는 데이지에게 벤자민이 호숫가 벤치에 앉아 떠오르는 해를 보여주는 장면이 있어. 그 장면을 보면서 시간이 흘러간다는 건 거부할 수 없는 절대적인 것이고, 그래서 결국은 담담하게 받아들여야 하는 거라는 생각이 들더라. 마치 동쪽 저 어딘가에서 매일 태양이 뜨고, 또 서쪽 저 너머로 지는 것처럼 말이야."

흘러가는 시간의 의미를 조금 단순화해 버린 것 같기도 했지만, 그녀가 내게 전달하고자 하는 게 무엇인지는 충분히 이해할 수 있었다. 시간의 흐름을 자연스럽게 받아들여야 하고, 그 흐름 안에서 자신의 삶을 찾아가야 한다는 것. 그녀는 영화가 비록 시간에 관한 하나의 상징이자 우화일 뿐일지도 모르지만 나름 자신에게 생각할 거리를 줬고 여운도 길게 남았다고 했다.

"나중에 꼭 한 번 봐봐. 분명 좋아하게 될 거야."

식사하는 동안 창밖에는 어느새 어둠이 짙게 내렸고, 소리도 없이 내리는 비는 그칠 줄을 몰랐다. 우리는 식사를 마무리하고 함께 식탁을 정리했다. 내가 설거지를 하려 했지만 그녀는 손님이 그래서는 안 된다며 그냥 편하게 앉아있으라 했다. 앞치마를 하고 고무장갑을 낀 그녀는 능숙한 손놀림으로 설거지를 시작했다.

나는 가만히 앉아있기 어색해서 거실을 이리저리 천천히 서성대며 구경했다. 거실 크기에 비해 그곳에 놓인 물건들은 단출했다. 한쪽 벽에는 분명 처음에는 탄력 있고 반질반질했을, 하지만 지금은 오래되어 어딘가 모르게 늘어지고 광택을 잃은 3인용 검정 가죽 소파가 있었고, 그 옆에 소파와 너무 대조적인 최신형 에어컨이 서 있었다. 반대편 벽에는 아마도 소파를 살 때 같이 사지 않았을까 싶어 보이는 낮은 원목 선반이 있었다. 선반 위에는 에어컨과 마찬가지로 오래된 선반과 어울리지 않는 최신형 텔레비전과 세련된 디자인의 미니 오디오 컴포넌트, 가족사진이 들어있는 작은 액자, 그리고 내가 가지고 온 오렌지자스민 화분이 놓여 있었다. 거실에 있는 물건은 그게 전부였다. 가구는 모두 오래되었고 가전제품은 그에 비해 너무 신형이라 대조적인 시간의 흐름을 극명하게 보여주고 있었는데, 왠지 이 집에 사는 사람 누구도 그런 것은 신경 쓰지 않는 듯 보이는 거실의 풍경이었다.

선반에는 수많은 CD 케이스가 꽂혀있었다. 선반 두 칸이 전부 그랬는데 어림잡아도 200장은 충분히 넘을 듯 보였다. 자세히 보니 전부 클래식 음반이었다. 빼곡히 꽂힌 음반들이 작곡가 이름을 기준으로 알파벳순 정리가 되어있어 흡사 음반매장처럼 보였.

"클래식 음악을 좋아하나 봐?"

그녀는 아빠가 좋아하고 자신은 잘 모른다고 말했다.

"거기 있는 건 일부야. 아빠가 정말로 아끼는 건 가져갔어."

그녀는 원하는 게 있으면 들어도 좋다고 말했다. 나는 음반 명을 천천히 훑어보다가 브람스의 교향곡 4번을 골랐다. 카를로스 클라이버가 지휘하는 빈 필하모닉 오케스트라의 연주 음반이었는데, 언젠가 명반이라고 들었던 기억이 떠올라서였다. 오디오의 전원을 켜고 케이스에서 CD를 꺼내 플레이어에 넣은 후 재생 버튼을 누르자 1악장 도입부의 애잔한 멜로디가 스피커를 통해 흘러나왔다.

"클래식 좋아해?"

설거지를 마친 그릇을 식기 건조대에 정리하던 그녀가 나에게 물었다. 그릇이 건조대에 부딪히며 나는 소리 때문에 그녀는 평소보다 큰 소리로 말해야 했다. 내가 일하는 사무실에서는 항상 라디오를 틀어 놓았는데, 사실 사람들이 라디오를 듣고 있는지는 알 수 없었다. 라디오 소리는 그저 사무실의 정적을 감추기 위한 일종의 인위적 소음 같은 것일지도 몰랐다. 라디오의 주파수는 클래식 FM으로 고정돼 있는데 이유는 알 수 없었다. 어쨌든 지금까지 주파수를 바꾼 사람은 아무도 없었다. 2년 가까이 계속해서 사무실의 배경음처럼 흐르는 클래식 음악을 듣다 보니 나도 모르게 관심이 조금 생겼고, 들었던 음악 중 인상 깊었던 걸 따로 찾아 듣게 되면서 좋아하는 음악이 생기기 시작했다.

"좋아하기는 하는데, 그렇다고 뭐 잘 알고 그런 건 아니야."

어느새 설거지를 마치고 내 옆에 선 그녀가 내 말에 고개를 천천히 끄덕였다. 그녀에게서 주방 세제의 산뜻한 레몬 향이 은은하게 느껴졌다.

"아빠 어릴 적에는 집이 부자였대. 그 옛날에 플루트를 배울 정도였으니까 아마도 꽤 잘살았던 것 같아. 아빠는 그때부터 클래식 음악을 좋아하셨대."

우리는 다시 식탁으로 이동했다. 그녀는 차를 준비하기 위해 전기 포트에 물을 붓고 버튼을 눌렀다. 그리고 냉장고에서 커다란 복숭아를 하나 꺼내 흐르는 물에 씻어 조심스럽게 껍질을 벗기고 적당한 크기로 잘랐다. 잘 익어서 말랑말랑한 복숭아는 소리도 없이 부드럽게 잘렸고, 우리 주위엔 금세 달콤한 복숭아 향기가 진하게 퍼졌다.

"아빠는 플루트 연주를 정말 좋아했고 음악도 좋아해서 전공으로 하는 것까지 생각했었대. 그런데 안타깝게도 좋아하는 것만큼 재능이 따라주진 않았었나 봐. 그리고 아빠가 고등학교를 졸업할 즈음 집 사정도 갑자기 안 좋아졌던 것 같고. 그래서 결국 음악을 전공으로 하는 건 포기하고 고등학교를 졸업하자마자 바로 공무원 시험을 본 거지."

"아쉬움이 크셨겠다."

"비록 연주자의 꿈은 포기했지만, 그래도 플루트 연주를 아예 그만둔 건 아니었어. 취미 생활처럼 계속 꾸준하게 하면서 아마추어 오케스트라 활동도 했고, 지금도 동호회 활동 같은 걸 틈틈이 하고 계셔. 물론 폐질환 때문에 예전만큼은 아니지만. 그래도 아빠를 보면 대단하다는 생각이 들어. 아무리 좋아한다 해도 그렇게 꾸준히 하는 건 분명 쉬운 게 아닌데 말이야."

그녀는 찻잔에 뜨거운 물을 조심스럽게 부은 후 잠시 뒤에 녹차 티백을 넣었다. 차를 준비하는 그녀의 손놀림은 매우 간결하면서도 아름다워서 나는 아무 말 없이 그녀의 길고 하얀 손을 바라보았다. 그녀는 복숭아가 담긴 접시와 함께 찻잔을 쟁반에 담아 식탁으로 가져왔다. 녹차의 투명한 연녹색 빛깔과 복숭아 속살의 분홍빛이 잘 어울려 보였다.

그녀가 포크로 복숭아를 찍어 나에게 건네며 혹시 악기 연주를 배운 적 있냐고 물었다.

"아직까진 없지만 기회가 되면 피아노를 한번 배워보고 싶은 마음은 있어."

"피아노……, 좋지."

시선을 내리깔고 찻잔을 천천히 입으로 가져가 녹차를 마시는 그녀의 표정에 알 수 없는 감정이 순간적으로 떠올랐다가 사라진 듯했다.

"아빠는 나하고 동생이 아주 어릴 때부터 악기 레슨을 시켰어. 나는 피아노, 동생은 바이올린. 두 딸과 함께 멋지게 삼중주를 연주하는 모습을 꿈꾸셨던 거지. 어쩌면 혹시라도 자신과는 다르게 누군가 음악적 재능을 갖고 있어 자신은 가지 못한 연주자의 길을 가는 걸 기대했던 건지도 모르고. 하지만 안타깝게도 나하고 동생에게 그러한 재능은 없었어. 그리고 나는 악기 연주 자체를 그렇게 좋아하지도 않았고."

그녀는 피아노 연주가 도저히 흥미롭지 않았다고 했다. 아빠 때문에 어쩔 수 없이 내색하지 않고 학원에 다니며 레슨을 받기는 했지만, 피아노를 연습하는 시간이 당시엔 너무나 지루하고 고통스러웠다고 했다.

"왜 그렇게 흥미가 안 생기는지 생각도 많이 해봤어. 한쪽 귀가 잘 안 들리기 때문에, 그래서 소리가 정상적으로 들리지 않기 때문에 그런 건 아닐까, 하고. 하지만 일상생활을 하고 좋아하는 노래를 듣는 데는 아무 문제도 없었어. 영향을 아예 안 미친 건 아니겠지만 내 생각에 청력이 문제는 아니었어."

그녀는 들고 있던 찻잔을 내려놓고 두 손으로 머리카락을 귀 뒤로 쓸어 넘겼다. 그리고 팔짱을 끼며 길게 숨을 내쉬었다.

"나는 그냥 싫었던 거야. 왜 그렇게 싫어했는지 물어본다면 이유는 나도 알 수 없어. 어쩌면 남이 하라고 하니까 괜히 반발심이 생겼던 건지도 몰라. 자신의 속마음과는 다르게 괜히 못되게 구는 아이처럼 말이야. 그렇게 억지로 레슨을 받다가 결국 중학교 1학년이 되었을 때 아빠한테 피아노를 치지 않겠다고 말하고 레슨을 그만뒀어. 그때 아빠랑 얼마나 싸웠는지 몰라."

우리는 잠시 말이 없었다. 브람스의 교향곡은 이제 막 웅장하게 시작하는 4악장을 시작하며 대단원의 끝을 향한 마지막 여정에 돌입했다. 스피커에서 흘러나오는 음악을 들으며 나는 그녀에게 혹시 지금도 피아노를 연주하는 것에 흥미가 없는지 물었다.

"글쎄, 잘 모르겠어. 집에 있는 피아노를 보면서 언젠가 그런 생각을 해본 적이 있어. 만약 그때 조금만 더 참고 피아노를 그만두지 않았다면 어떻게 됐을까? 그랬다면 나는 지금 취미로라도 피아노 연주를 즐기고 있었을까?"

그녀는 팔짱 꼈던 손을 풀고 왼손으로 포크를 들어 복숭아 조각 하나를 반으로 잘랐다. 복숭아는 마치 두부가 잘리듯 아무 저항도 없이 잘리는 것처럼 보였다. 그녀는 반으로 잘린 복숭아 조각을 다시 반으로 잘랐고, 계속해서 몇 번을 더 작은 조각으로 잘랐다. 포크가 접시에 부딪히는 소리만이 나직하게 울렸다. 그녀는 무언가 할 말을 찾고 있었다. 나는 아무 말도 하지 않고 잘린 복숭아 조각을 바라보며 그녀가 다음 말을 잇기를 기다렸다.

"사실, 그때 그렇게 피아노 레슨을 그만둔 걸 후회할 때도 있어. 아니, 피아노를 계속 배우지 않은 걸 후회한다기보다는 내게 주어진 기회와 혜택을 특별한 이유도 없이 너무 쉽게 버린 걸 후회하는 게 맞을 거야."

그녀는 입술을 꽉 다물고 희미한 미소를 지었다. 왼쪽 볼에는 가느다란 볼우물이 패였고 그 틈으로 얕은 회한이 고였다.

"그때 이후부터였던 것 같아. 난 무언가를 꾸준히 하는 것에 자신이 없어. 그냥 이유도 없이 싫어서 포기했던 그때의 내가 자꾸 생각나고, 그래서 이제 와 무언가를 꾸준히 한다는 게 스스로 위선적으로 느껴져서. 분명 그렇게 느낄 필요가 없는데 말이야. 어쩌면 그때의 기억이 트라우마 같은 게 된 건 아닐까 싶어."

그녀의 얘기에 전혀 그렇게 생각할 필요 없다고 말해주고 싶었다. 모든 걸 꾸준하게 할 수는 없는 거라고, 아니 솔직히 꾸준함이라는 게 꼭 필요한 건지 잘 모르겠다고 말해주고 싶었다. 하지만 이내 그렇게 말해서는 안 된다는 걸 깨달았다. 그녀가 느끼는 복잡하고도 안타까운 감정을 쉽게 아니라고, 그 감정이 잘못된 거라고 말할 수는 없었다. 그러한 말은 상대방에게 어떠한 도움도 되지 못한다.

나는 잠시 머뭇거리다가 갑작스럽게 떠오른 말을 하며 멋쩍게 웃었다.

"그래도 매달 나오는 윤종신의 음악은 꾸준하게 좋아하잖아."

그녀는 나를 바라보며 그러고 보니 그렇네, 라고 말했다.

"나는 내가 하지는 못하지만, 누군가 무언가를 꾸준하게 하는 것에 매력을 느끼는 것 같아."

그러고는 살며시 웃으며 나에게 말했다.

"어떻게 보면 참 특이한 취향이야. 그렇지?"

나는 오른손 검지로 아랫입술을 살며시 누른 채 잠시 생각한 뒤 그녀에게 말했다.

"덕분에 나도 윤종신 노래를 좋아하게 됐잖아."

어느새 4악장까지 재생이 끝난 음반은 다시 1악장으로 넘어갔다. 나는 자리에서 일어나 오디오의 전원을 끄고 CD를 꺼내 케이스에 넣었다. 그때 바깥에서 무언가 부딪히는 묵직한 소리가 들렸다. 나는 베란다 창 너머로 고개를 내밀어 아래를 내려다보았다.

"요 아래 골목에서 차 사고가 났어."

"어머, 진짜?"

그녀는 놀라더니 자신도 보고 싶다는 듯 서둘러서 내 곁으로 왔다. 집 앞 골목길 사거리에서 차량 두 대가 직각으로 충돌했는데 얼핏 보기에도 두 차량 모두 앞 범퍼가 꽤 손상된 듯 보였다. 아무래도 비가 내리는 밤에 좁은 골목길에서 부주의한 운전으로 발생한 사고인 것 같았다. 두 차량의 운전자는 모두 사고 부위를 이리저리 살펴보며 각자 어딘가로 전화하는 중이었다.

"혹시 교통사고 당해본 적 있어?"

말없이 사고 현장을 보고 있던 그녀가 양팔로 나의 팔을 끌어안으며 나지막한 목소리로 물었다. 봉긋하고 부드러운 가슴의 느낌이 팔을 통해 전해졌다. 나는 없다고 답했고, 그녀에게 있었는지 되물었다.

"응, 아홉 살 때. 학교를 마치고 집으로 가던 중이었어."

당시 왕복 2차선 도로의 한 차선에 커다란 버스가 서 있어 반대편 차선의 차량이 보이지 않았는데 그녀는 별다른 주의 없이 도로에 뛰어들었고, 순간 반대편에서 자신을 향해 달려오던 택시에 치여 그녀는 곧바로 정신을 잃었다고 했다.

"깨보니까 난 병원 침대 위에 누워 있고, 옆에서 엄마가 날 보며 울고 있었어. 울고 있는 엄마를 보니까 갑자기 덜컥 겁이 나는 거야. 내가 무슨 잘못을 한 건 아닌가 싶어서. 그래서 무슨 일이 있었던 건지 제대로 알지도 못하면서 그냥 엄마를 따라서 엉엉 울었지. 그렇게 울고 있는데 이상하게 오른쪽 뺨 부분이 따끔따끔하고 욱신욱신하더라고. 손으로 만져보니까 뺨부터 귀까지 커다란 반창고가 덮여 있었어."

다행히 택시는 그렇게 빠른 속도가 아니었지만 부딪힌 그녀는 튕겨 나가 얼굴 오른쪽 부분이 그대로 땅과 충돌했고, 그로 인해 뺨 전체에 찰과상과 함께 충격으로 고막도 손상되었다고 했다.

"여기 보면 많이 흐릿해지긴 했지만 지금도 흉터가 남아있어."

그녀는 머리칼을 넘기며 오른쪽 귀 부분을 내게 보여주었다. 자세히 보니 귀와 뺨이 만나는 부분에 펜으로 희미하게 그어 놓은 것 같은 가느다란 검은 선이 보였다. 나는 가만히 그 흉터를 바라보다가 손가락으로 살며시 쓰다듬었고, 그녀는 부끄러운 듯 몸을 빼며 고개를 돌렸다.

작은 꼬마였던 그녀가 당시 받았을 충격과 무서움이 과연 어떠했을지 나는 짐작도 가지 않았다. 지금까지도 사라지지 않는 흉터와 회복되지 않는 청력은 사고가 난 순간부터 영원히 그녀가 함께해야 할, 어떻게 해도 떨쳐 버릴 수 없는 그림자 같은 존재가 되어버린 건 아닐까 싶었다. 그 존재는 말없이 그녀의 곁에 머물면서 대화할 땐 왼쪽 귀를 살며시 내밀도록 만들었고, 어릴 적 피아노 연주를 싫어하게 했을지도 모르며, 지금도 그녀가 무언가를 꾸준하게 하는 걸 방해하고 있는지도 몰랐다. 그리고 어쩌면 앞으로 또 다른 영향을 미칠 수도 있다. 나는 문득 그것이 그녀의 인생에서 사라지지 않는, 그리고 거역할 수 없는, 어쩌면 운명 같은 걸지도 모르겠다는 생각이 들었다.

이런 생각을 하고 있으니 나도 모르게 그녀가 가엽게 느껴져 그녀를 힘껏 안았다. 예상치 못한 나의 행동에 처음엔 살짝 놀란 듯했던 그녀는 곧 몸의 긴장을 풀고 나의 몸을 꼭 껴안으며 내게 안겼다. 우리는 거실의 소파로 자리를 옮겨 키스했고 시간을 들여 천천히 서로의 몸을 어루만졌다. 누구도 일부러 의도한 상황은 아니었다. 불어오는 바람에 운동장의 깃발이 나부끼는 것처럼 자연스러운 행동이었다. 우리는 서로의 옷을 조심스럽게 벗겼고 피부의 감촉과 체온을 느끼며 격렬하게 끌어안았다. 내가 그녀 오른쪽 뺨의 흉터에 입을 맞추자 그녀는 짧은 숨을 토해내며 살며시 몸을 떨었고, 그녀의 두 손은 내 등을 더욱더 애타게 쓰다듬었다.

소파 위에서 서로를 가만히 안은 채로 누워 있는 동안 우리는 아무런 말도 하지 않았다. 거실의 열린 창을 통해 습기를 가득 머금은 미지근한 바람이 슬며시 들어왔고, 무겁게 가라앉은 침묵은 우리 주변으로 조용히 쌓여갔다. 처음이 아니었는데도 이렇게 어색함이 느껴지는 건 어쩌면 그녀의 집이라는 장소가 만드는 낯섦 때문인지도 몰랐다. 나는 그녀의 머리칼을 천천히 쓰다듬기만 했고, 그녀도 내 가슴에 얼굴을 묻은 채 뜨거운 숨을 천천히 뱉어냈다. 우리 사이에는 작게 오르내리는 어깨에 맞춰 규칙적으로 들리는 그녀의 숨소리만이 가득했다.

얼마나 시간이 지났을까. 그녀는 살며시 내 품에서 빠져나오며 이제 곧 동생이 돌아올 시간이라고 했다. 그러고는 바닥에 흩어진 옷들을 집어 그중 내 옷은 소파 위에 올려놓고 자신은 옷을 갖고 방으로 들어갔다. 나는 옷을 입고 다시 소파에 앉아 두 사람의 온기가 아직 따스하게 남아있는 소파의 오래된 가죽을 살며시 쓰다듬어 보았다. 가죽의 보드라운 감촉이 익숙한 듯 낯설게 느껴졌다. 그때 그녀가 옷을 입고 머리를 뒤로 묶은 모습으로 방에서 나왔다. 나는 그녀에게 이제 집에 가보겠다고 말하며 일어섰다.

1층 현관까지 마중 나온 그녀에게 가볍게 키스를 하고 골목길로 나왔다. 그치지 않고 부슬부슬 내리는 비에 골목길의 바닥과 건물 벽, 주차된 차량 모두 흠뻑 젖어 가로등의 노란 빛 아래에서 반짝였다.

나는 버스정류장으로 천천히 걸어가며 오늘 그녀의 집

에서 함께 보낸 시간을 다시 떠올려보았다. 불과 바로 얼마 전이었는데도 그건 마치 오래된 꿈처럼 실체가 불분명하게 느껴졌다. 함께 식사했던 순간, 브람스의 교향곡을 들으며 그녀의 아버지와 피아노 레슨에 관해 얘기했던 순간, 그리고 교통사고 현장을 본 후 그녀를 안았던 순간까지. 분명 오감으로 생생하게 느꼈던 모든 순간은 골목길을 걷는 동안 축축한 어둠이 서서히 스며들면서 본연의 색을 잃고 투명해지는 것 같았다.

집으로 향하는 버스의 좌석에 앉아 빗방울 맺힌 창을 통해 멍하니 바깥을 바라보고 있는데 갑자기 특별한 이유도 없이 한 번도 만난 적 없는 그녀의 아버지가, 거실 선반 위 가족사진 속에서 보았던 그의 모습이 떠올랐다. 호리호리한 체형에 보일 듯 말 듯 미소를 짓고 있던 모습. 점잖아 보이면서 어떻게 보면 조금 유약해 보이기도 했던 모습. 클래식 음악을 좋아하고 어릴 적 플루트 연주를 전공하고 싶었던 사람. 딸에게 악기를 가르쳐 함께 연주하기를 희망했던 사람. 그리고 결국 원했던 것을 어느 하나도 이루지 못한 사람. 고등학교 졸업 후 어쩔 수 없이 자신이 원치 않았던 일을 시작하는 그의 모습을, 그리고 피아노 레슨을 그만두겠다는 딸을 슬픈 눈으로 바라보는 그의 모습을 상상했다. 어쩌면 그의 인생은 그렇게 정해져 있던 건지도 모르겠다는 생각이 들었고, 나는 왠지 모르게 서글퍼졌다.

당연하게도 사람들은 살아가는 동안 자신이 원하는 것 모두를 다 이룰 수 없다. 그리고 그 사실을 깨닫는 순간 좌절하거나 분노할 수도 있지만, 끝내는 강바닥의 말 없는 작은 돌멩이처럼 그저 강물의 흐름을 묵묵히 받아들일 수밖에 없다. 그러는 동안 계속해서 해는 뜨고 지길 반복하고, 시간은 강물을 따라 멈추지 않고 흐른다.

창밖으로 보이는 버스정류장 광고판에서 나를 바라보며 미소 짓는 여성 모델의 얼굴이 보였고, 순간 그녀를 안고 있을 때 느꼈던 공기의 어색함이 기억났다. 그리고 느닷없이 그녀와 앞으로 얼마나 함께할 수 있을지 생각했다. 너무나 갑작스러운 생각이어서 당황스러웠지만, 나는 왠지 우리가 오랜 연인 사이로 지내지 못할 것 같다는 생각이 들었다. 특별한 이유가 있는 건 아니었다. 그냥 그럴 것 같다는 불명확한 예감이 가늘고 희미한 연기처럼 피어올랐을 뿐이었다.

버스는 비에 젖은 까만 도로 위를 미끄러지듯 부드럽게 앞으로 나아갔다. 선명한 어둠 속에서 끝없이 이어지고 있는 거리의 네온사인 불빛을 바라보며 나는 거부할 수 없는 시간의 흐름과 사람의 운명, 그리고 관계의 꾸준함에 관해 계속해서 두서없이 생각했다.

*

짧은 장마가 지나가고 7월 중순부터 숨 막힐 것 같은 무더위가 시작되었다. TV에서는 나날이 최고 기록을 경신하는 2013년 여름의 더위가 기상관측 이래 가장 무더운 기록적인 더위라는 뉴스를 연일 쏟아내었다.

가혹하게 느껴지기까지 했던 여름의 날카로운 열기 때문이었을까? 우리는 몇 번의 크고 작은 말다툼을 했다. 첫 다툼에는 그녀와 나 모두 놀라고 당황스러워했지만, 이후 몇 차례 더 다툼을 겪으면서 그 또한 익숙해졌다. 무언가 반복되면 그럴 필요가 없는 것까지 익숙해지곤 한다.

다툼의 이유는 어쩌면 사소할 수도 있는 것들이었다. 어느 토요일, 예정에 없던 나의 갑작스러운 휴일 근무에 그녀가 나와 함께 하기 위해 특별하게 준비했던 일정을 어쩔 수 없이 취소하게 돼서. 그녀가 좋아하는 음식을 잘하는 새로운 식당을 신경 써서 찾아내 함께 갔는데 그녀가 그 식당을 그다지 만족스러워하지 않는 듯 보여서. 갑작스럽게 바빠진 그녀의 회사 업무에 여름휴가가 뒤로 밀리며 일부러 맞춰 잡은 나의 휴가 기간과 맞지 않게 돼서. 그 외에도 여러 가지 의도치 않은 상황들이 서로의 마음을 뾰족

하고 날카롭게 만들어서.

　냉정히 생각해 보면 굳이 다툴 필요가 없는 상황이었다. 물론 서운함을 느낄 수도 있었고 마음에 들지 않을 수도 있었지만, 그러한 상황이 초래된 게 고의가 아니었다는 걸 분명 모르지 않았기에 서로 충분히 이해하고 그냥 넘어갈 수도 있었다. 하지만 그녀와 나는 그렇게 하지 못했다. 자신의 처지를 이해해 주지 않는 상대방이 서운했고 답답했다. 결국, 따갑게 내리쬐는 햇볕 아래서 우리는 서로를 향해 눈에 보이지 않는 가시를 맹렬하게 세우곤 했다. 그리고 끝내 상대방에게 상처가 될 수 있는 말을 입 밖으로 뱉어내기도 했다. 예를 들면, 난 너의 그 고집스러운 취향을 도저히 이해 못 하겠어, 와 같은.

　말다툼이 끝나고 나면 우리는 입을 다문 채 어떤 말도 하지 않았다. 각자 집에 돌아가고 나서도 전화는 물론 메시지도 보내지 않았다. 그럴 때면 스마트폰은 자신의 기능을 망각한 채 깊은 바다 아래로 가라앉은 고대 난파선의 유물이 되어 무거운 침묵 속에 파묻혔다.

　사실 나는 침묵의 시간 동안 무엇을 어떻게 해야 하는지 몰랐다. 내 성격은 먼저 미안하다고 말하며 화해를 제안할 만큼 적극적이지 못했고 그런 것에 능숙하지도 못했다. 나는 확실히 갈등을 해결하는 것에 서툴렀다. 그리고 나의 못난 자존심은 그러한 서투름을 그녀에게 드러내는 걸 부끄럽게 여겼다. 그렇게 바보처럼 아무것도 하지 않은 채 시간만 보내고 있으면 매번 그녀가 침묵을 걷어 내고 먼저 메시지를 보냈다. 그녀의 메시지는 마치 우리가 언제 싸웠냐는 듯 평소와 다름없는 일반적인 내용이었다. 이를테면 잘 잤어? 라던가, 출근 잘해, 또는 점심 맛있게 먹어, 와 같은 것들.

처음에는 그러한 메시지가 다툰 뒤 첫 메시지라는 것에 당황스럽기도 했고 어떻게 반응해야 하는 건지 혼란스럽기도 했다. 그러다 내가 어영부영 답을 보내면 그녀가 다시 답을 했고, 그러면서 우리는 예전처럼 연락을 주고받게 되었다. 그리고 만나서 아무 일 없었다는 듯 평소와 같이 대화하고 식사를 하고 차를 마셨다. 서로의 마음에 생채기를 내며 다퉜던 일에 관해서는 누구도 언급하지 않았고, 미안하다고 사과하지도 않았다.

그녀와 나는 분명 우리 사이에 존재하는 문제와 갈등의 원인을 진지하게 바라보고 그것을 해결하려는 시도를 부담스러워했다. 어쩌면 귀찮아했는지도 몰랐다. 우리는 서로에게 입힌 상처를 적극적으로 치료해 주기보다는, 그저 애써 모른 척하며 시간이 흘러 상처 위에 딱지가 앉아 그 아래에서 자극에 무뎌진 새살이 돋아나기만 기다릴 뿐이었다.

여름의 윤종신은 반짝이는 햇살과 파란 하늘, 그리고 휴양지의 설렘을 떠오르게 하는 노래를 연이어 불렀다. 그의 여름은 그렇게 산뜻했고 경쾌했다. 하지만 안타깝게도 우리의 여름은 그의 노래처럼 싱그럽지 못했다. 반복되는 다툼과 침묵, 그리고 문제를 외면하고 지속하는 만남은 우리를 둘러싼 여름의 공기를 더욱더 무겁고 기분 나쁜 끈적거림으로 가득하게 만들었다. 마치 그녀와 나만이 아직 장마의 한가운데에 있는 것 같았다. 어쩌면 그래서였을까? 그녀에게 그해 여름의 윤종신은 마음에 들지 않았다. 그의 모든 노래를 무조건이라고 할 만큼 좋아했던 그녀였기에 그건 매우 낯설었다.

"여름은 꼭 이렇게 신나야 하나. 난 하나도 신나지 않는데."

마치 윤종신의 노래 때문에 심술이라도 난 것처럼 말했지만, 그녀의 목소리는 자신이 신나지 않는 이유가 사실 나 때문이라고 말하는 것처럼 들렸다. 아마도 예전 같았으면 나는 실제 생각과는 상관없이 여름 노래도 나쁘지 않은걸, 정도의 대답을 했을 것이다. 어쩌면 그녀도 그러한 반응을 기대했을지 모른다. 그런 식으로 좋은 쪽으로든 나쁜 쪽으로든 대화가 이루어지기를 바랐을 수도 있다. 하지만 나는 그러지 않았다. 그녀에게 아무런 말도 하지 않고 그저 침묵했다. 이제 나는 그녀가 어떻게 생각하든 상관없다고 여기기 시작했다.

    무덥고 힘겨운 여름을 지나며 어느새 우리는 반복되는 다툼에, 그리고 어쩌면 서로라는 존재 자체에 조금씩 지루함을 느끼고 지쳐가고 있던 걸지도 몰랐다.

8월 내내 바빴던 그녀의 업무는 9월이 되어도 여전했다. 사무실에서 맡은 중요한 소송 여러 개가 동시다발적으로 긴박하게 진행되었고, 지원 업무를 담당하는 그녀도 어쩔 수 없이 덩달아서 바쁜 나날이 이어졌다. 평일 야근이 계속되었고 주말까지 출근이 이어지며 나와 만나는 시간은 자연스럽게 줄어들었다. 그녀가 퇴근할 때까지 그녀 회사 근처에서 기다리다가 늦은 시간에라도 만나곤 했지만, 과도한 업무로 피곤해하는 그녀와 오랜 시간을 함께할 수는 없었다. 그저 그녀를 집까지 바래다준 뒤 알 수 없는 헛헛한 기분을 느끼며 맥없이 집에 돌아오는 게 고작이었다.

    그렇게 그녀를 집까지 데려다주고 집으로 돌아오던 어느 날 밤, 버스 좌석에 앉아 창밖으로 스치는 평창동의 풍경을 무심히 바라보던 중 나의 갑작스러운 주말 출근 때문에 그녀와 다투었던 지난달의 기억이 떠올랐다. 나는 그제야 그때 그녀가 왜 내게 그렇게 섭섭해했고 화를 냈는지 알 것 같았다. 주말만 기다리며 나와 함께 특별하게 보낼 하루를 기대했을 그녀가 느꼈을 아쉬움이 어떤 것이었는지 조금이나마 이해가 되었다.

눈을 감고 버스 유리창에 머리를 기댄 채 나는 우리가 곧 헤어질 수도 있겠다고 생각했다. 얼마 전까지 희미한 연기 같던 그 예감은 이제 더 선명한 형체를 띄기 시작했다. 왜 그런지는 정확히 설명할 수 없었다. 그저 우리의 관계는 처음부터 서로를 온전히 이해하지 못한 채 시작되었고, 지금도 역시 서로에게 더 가깝게 다가가지 못한 채 그저 각자의 어쩔 수 없는 희생과 침묵으로 유지되는 건 아닌지 추측할 뿐이었다. 그리고 우리는 시간이 더 흐른다 해도 조금도 나아가지 못한 채 결국 어떠한 벽을 마주하는 순간 그러는 게 당연하다는 듯 순순히 이별을 받아들일 것 같았다.

이러한 생각을 하고 있으니 어쩔 수 없이 기분이 좋지 않았다. 나는 눈을 뜨고 자세를 고쳐 앉아 기분도 전환할 겸 노래를 듣기로 했다. 스트리밍 앱의 리스트를 훑어보다 윤종신은 9월에도 어김없이 노래를 발표했다는 사실을 알게 되었다. 시간이 흘러 우리가 서로에게 지쳐가는 동안에도 윤종신은 여전히 그렇게 꾸준했다.

그가 9월에 발표한 노래 중 한 곡의 제목은 「Good Bye」였다. 그의 노래가 발표될 때마다 그녀와 함께 듣곤 했는데 이번에는 그러지 못했다. 물론 최근에 함께 한 시간이 부족하기도 했지만 단지 시간이 없어서 그런 것만은 아닌 듯했다. 나는 한참 동안 제목만 바라보다가 결국 신나고 경쾌한 다른 노래를 검색해 재생했다. 이어폰으로 흘러나오는 소란스러운 리듬을 흘려들으며 나는 다시 창밖의 풍경으로 시선을 돌렸다.

뜨거웠던 여름의 공기는 하루하루가 지날수록 선선해졌고, 피부로 느껴지는 공기의 촉감은 점점 더 가벼워졌다. 그녀의 바쁜 업무는 추석 연휴를 앞두고 마무리되었다. 그녀는 사용하지 못한 여름휴가를 추석 연휴와 붙여 9월 말에 열흘이 넘는 긴 휴가를 보내기로 했고, 그 기간에 부모님 집에 있을 예정이라고 했다. 부모님을 못 본 지 꽤 오래되기도 했고 그동안 너무 바빴으니 조용한 교외에서 여유 있게 쉬고 싶다며.

"그동안 정말 고생 많았어. 이참에 푹 쉬고 와."

그녀는 이렇게 말하는 나를 빤히 바라보다가 굳은 다짐을 하듯 단어 하나하나를 강조하며 말했다.

"응, 정말 아무것도 안 하고 혼자서 조용히 푹 쉬고 올 거야."

그녀의 말투에서 잠시라도 함께 시간을 보내자고 내가 먼저 말해주길 바란다는 게 느껴졌지만 나는 끝내 아무 말도 하지 않았다. 그리고 그녀도 별다른 말이 더 없었다. 추석 연휴와 함께 휴가가 시작되자 그녀는 다녀올게, 라는 말을 남기고 부모님 집으로 떠났다.

그녀가 떠나 있는 사이에도 우리는 메시지를 주고받고 전화 통화를 했지만, 그 빈도와 시간은 분명 이전과 달랐고 시간이 갈수록 점점 더 뜸해졌다. 그리고 나는 그녀의 휴가가 막바지에 다다른 어느 날 다른 여자를 만났다. 의도했던 만남은 아니었다. 퇴근 후 고등학교 동창과 약속이 있었는데 그가 혹시 자신의 직장 동료와 함께 만나도 괜찮은지를 물었고 나는 괜찮다고 했다. 그는 두 명의 여성과 함께 나왔고, 우리는 함께 어울려 늦은 밤까지 이기지 못할 많은 술을 마셨다. 술자리를 마치고 나는 그중 한 명과 함께 모텔에 갔고, 그녀와 잤다.

어쩌다 그렇게 됐는지 알 수 없었다. 나와 그녀는 이성적 판단이 어려울 정도로 취해있었기에 그저 육체가 이끄는 대로 따랐을 것이다. 어쩌면 다른 여자를 안고 싶다는 내 무의식 깊은 곳 웅크리고 있던 욕망이 그 순간 깨어나 나를 그렇게 이끌었을지도 모른다.

두통과 목마름을 느끼며 새벽에 깨어난 나는 내 옆에 잠들어 있는 여성의 얼굴을 한참 동안 멍하니 바라보았다. 불과 몇 시간 전까지 함께 즐겁게 웃고 떠들고 서로의 몸을 탐닉했던 상대방의 얼굴이 마치 처음 보는 사람처럼 느껴졌다. 나는 무질서하게 흩어진 기억의 퍼즐 조각을 이리저리 맞춰 보며 여기까지 이르게 된 경위를 처음부터 찬찬히 떠올려보았다. 머리는 부풀어 올라 터질 것처럼 지끈거렸고 입안은 마른 모래를 한 움큼 삼킨 듯 깔끄럽고 텁텁했다.

조심스럽게 침대에서 일어나 소파 위에 널브러져 있는 재킷을 주워 스마트폰을 꺼내보니 그녀가 잠들기 전 보낸 메시지가 있었다. 자신은 이제 잘 거고 나에게도 잘 자라는 메시지. 평소와 다를 게 없는 짧고 평범한 메시지였다. 메시지를 읽다가 왼 손목의 손목시계가 눈에 들어왔다. 그녀가 백일 기념 선물로 나에게 주었던 손목시계. 4시 40분을 가리키고 있는 시곗바늘을 보며 나는 그녀가 선물과 함께 준 카드에 작은 글씨체로 또박또박 썼던 문장을 떠올렸다. 내가 항상 손목시계를 차고 다니듯 자신을 항상 생각해 달라던 문장을.

나도 모르게 토해내듯 한숨을 내뱉으며 오른손으로 머리를 감싸 쥐었다. 짧은 한숨이 한없이 무겁고 고통스럽게 느껴진 건 숙취로 인한 두통 때문인지, 아니면 스스로에 대한 환멸 때문인지 분명하지 않았다. 축축하고 끈적거리는 모텔방의 정적 속에서 나의 심장박동과 손목시계의 초침 소리가 엇갈리며 만들어 내는 공기의 떨림이 서늘하게 내 피부를 감쌌다. 퀴퀴한 냄새가 풍기는 싸구려 솜이불을 뒤집어쓰고 몸을 웅크렸지만 서늘함은 사라지지 않았다. 시간이 갈수록 떨림의 진폭은 오히려 커졌고, 나는 오한을 느끼며 몸을 쪼그리듯 더욱더 웅크렸다.

어슴푸레하게 동이 틀 무렵 모텔에서 나왔다. 가는 비가 언제부터 내리기 시작했는지 거리는 이미 흠뻑 젖었고 새벽공기는 낯설게 느껴질 정도로 냉랭했다. 어색한 인사로 함께 나온 여성을 먼저 보낸 뒤 나는 택시를 타고 집으로 향했다. 몸은 피곤했지만 사고思考만은 그 어느 때보다 예민했다. 나는 주머니에서 스마트폰을 꺼내 그녀에게 어제는 너무 피곤해서 답장도 하지 못한 채 잠들었다고 메시지를 적다가 문득 그녀가 왠지 이 모든 상황을 알고 있을 것만 같다는 생각이 들었다. 모두 알고 있으면서 아무 일도 없는 듯 평소처럼 메시지를 보낸 건 아닐까? 내가 끝없는 부끄러움과 죄책감을 느끼도록?

나는 적었던 메시지를 모두 지워버리고 창밖으로 시선을 돌리며 한숨을 쉬었다. 침묵이 흐르던 택시 안에서 한

숨 소리는 유난히 컸고 택시 기사가 룸미러를 통해 나를 흘끔거리는 시선이 느껴졌다. 차창 밖으로 끝없이 이어지는 텅 빈 거리를 바라보며 나는 이제 그녀와의 관계가 여기까지라고 직감했다. 시간은 계속해서 무심하게 흘렀고, 우리는 이제 마지막 순간을 맞이하게 될 것이다.

그녀가 휴가를 마치고 돌아와 며칠이 흐른 10월의 어느 날, 나는 그녀의 퇴근 시간에 맞춰 광화문으로 갔다. 낮과는 다르게 제법 서늘하고 메마른 공기의 질감이 천천히, 하지만 분명하게 다가오는 가을을 알려주는 밤이었다. 그 공기는 물 위에 떨어뜨린 잉크가 퍼지듯 거리의 가로수와 화단, 그리고 수많은 행인의 옷차림에 서서히 스며들어 이제 곧 이 거리를 처연한 가을의 색으로 물들일 것이다. 나는 전면 창으로 따스한 노란 빛이 흘러나오는 세종문화회관 인근의 카페 앞에서 그녀를 기다리며 과연 우리가 가을색이 충만해진 광화문 거리를 함께 걸을 수 있을지 생각해보았다. 발끝으로 보도블록 모서리의 깨진 부분을 의미 없이 쓸어내던 나는 메마른 미소를 지으며 아마도 그럴 수는 없을 것 같다고 생각했다.

잠시 후 퇴근한 그녀를 만나 우리는 천천히 거리를 걸었다. 그녀는 내가 선물했던 구두를 신고 있었다. 매끈하고 반짝였던 구두코가 밤이라서 그런지 괜스레 낡고 오래 된 듯 보였다. 그녀가 한 걸음씩 발을 내디딜 때마다 작게 또각거리는 구두 굽 소리는 오늘따라 유난히 신경 쓰였다.

누구도 의도한 건 아니었는데 걷다 보니 우리가 처음 만났던 홍차 전문 카페 앞에 다다랐다. 그녀와 나 모두 저녁을 먹지 않았지만 둘 다 아무런 주저함 없이 카페로 들어갔다. 카페에 들어와서도 각자 항상 마시던 홍차만을 주문했을 뿐 케이크나 쿠키 등을 함께 주문하지 않았다.

"오랜만이다. 정말 오랜만인 것 같아. 어색할 정도로."

그녀가 작게 웃으며 말했다. 그녀의 웃음에서 익숙하지 않은 불편함이 느껴졌다. 그녀의 시선은 나의 내면을 꿰뚫어 보는 것 같았고, 메마른 웃음은 날카로운 가시가 되어 나를 찌르는 것만 같았다. 나는 불편함을 내색하지 않으려 일부러 과장된 목소리로 어색하긴 뭐가, 괜히 그런 거야, 라고 말했지만 우리 사이에 흐르는 어색함을 부정할 순 없었다. 우리가 공유하고 있는 친밀함의 밀도는 분명 시간이 지난 만큼, 그리고 내가 그녀에게 느끼는 미안함만큼 옅어진 듯했다.

나는 화제를 돌리기 위해 휴가 기간을 어떻게 지냈는지 물었다. 나의 질문에 그 시간을 다시 떠올리듯 잠시 말없이 생각하던 그녀는 특별한 건 없었고 정말 편하게 쉬었다고, 오랜만에 엄마가 해주는 밥도 맘껏 먹었으며, 산과 들의 초록과 흐르는 강물을 질리도록 보았다고 했다. 그리고 아빠의 플루트 연주도 듣고 왔다고 했다. 테이블 위에 올린 두 손에 시선을 고정한 채 자신이 보낸 일상을 천천히 말한 그녀는 짧게 숨을 고른 뒤 작은 목소리로 말했다.

"그리고 집에 돌아와 보니까 화분이 죽어 있었어. 미안해."

"괜찮아. 원래 화분을 잘 키우는 건 정말 어려운 거야. 조금만 관심을 주지 않아도 금방 시들어 버리니까."

"그래도 꽃을 한 번은 피웠어야 했는데……"

그녀는 고개를 들어 나에게 자신이 없는 동안 어떻게 지냈는지 물었다. 나는 평범한 질문에도 흠칫 놀라 별거 없었다고, 그냥 똑같은 일상이었다는 말로 급하게 얼버무리고 입을 다물어 버렸다. 잠시 침묵이 흘렀고 그사이 주문한 홍차가 나왔다. 우리는 각자의 찻잔에 따뜻한 홍차를 따라 천천히 마셨다. 그녀와 만나면서 좋아하게 된, 그 맛에 익숙해진 얼그레이 홍차였는데 오늘은 향과 맛이 평소와 다른 듯 느껴졌다.

우리는 계속해서 대화를 이어가려 시도했지만 별다른 의미 없이 툭툭 내뱉어진 문장들은 길게 이어지지 못했다. 대화는 자주 끊겼고 그때마다 어색한 정적이 흘러 우리는 차를 마실 수밖에 없었다. 찻잔을 드는 소리와 차를 마시는 소리, 그리고 찻잔을 다시 내려놓는 소리만이 정적 속에서 선명하게 울렸다.

나는 문득 카페에 나지막하게 흐르고 있는 음악이 브람스의 교향곡이란 사실을 깨달았다. 작품번호까지는 정확히 기억나지 않았지만 그래도 4번이 아닌 것만은 확실했다. 분명 익숙한 멜로디였고 시간을 갖고 집중해서 들으면 생각날 수도 있었지만 지금은 마음 편하게 음악 감상을 할 수 있는 상황이 아니었다.

나는 우리의 관계를 지속하는 건 이제 의미가 없다고 확신했다. 그리고 그건 그녀도 분명 마찬가지일 것 같았다. 이별의 순간은 분명 우리 앞에 다가와 있었다. 그 순간을 지금 마주하고 받아들여야 했지만 나는 선뜻 그렇게 할 수 없었다. 그녀에 대한 미련이나 아쉬움이 있어서라기보다는 단지 우리를 무겁게 짓누를 그 순간의 어색한 공기, 어쩌면 서로에게 향할지도 모를 이유 없는 분노와 슬픔을 견뎌 낼 자신이 없었다. 나는 그저 머뭇거릴 뿐이었다. 찻잔 속 차갑게 식은 홍차에선 떫은맛이 강하게 났다.

숨 막힐 듯 이어지는 정적 속에서 각자의 찻잔만을 만지작거리던 중 마침내 그녀가 정적을 깨고 넌지시 말했다.

"혹시, 이번 주말에 우리 바다 보러 가지 않을래? 서해

든 동해든 멀지 않은 곳으로 잠깐."

이별을 생각하고 있던 나에겐 예상치 못한 제안이었다. 과연 무슨 의미인지, 어떤 답을 해야 하는 건지 생각해보려 했지만 머릿속은 새하얀 공허로 가득 차 어떤 생각도 제대로 할 수 없었다. 나는 결국 좋아, 라고 기계적으로 대답하고 말았다. 그녀는 나의 대답에 고개를 천천히 끄덕이며 장소와 교통편 등은 자신이 알아보겠다고 했다. 나는 아무것도 물어보지 못하고 그저 찻잔을 가만히 두드리고 있는 그녀의 가늘고 흰 손가락만을 바라보았다. 그녀도 다른 말은 더 없었다.

카페에는 브람스의 교향곡만이 조용히 흘렀고 음악이 끝났을 때 우리는 자리에서 일어났다. 나는 그제야 비로소 그 음악이 3번 교향곡이었다는 것을 깨달았다. 뜨겁고 격정적이었던 기운이 사그라지듯 너무나 조용하게 마무리되는 마지막 멜로디. 마치 지금 우리의 분위기와 비슷할지도 모를 그 마지막의 여운을 듣고 나서야 알아차릴 수 있었다.

정류장에서 그녀의 집으로 가는 버스에 함께 타 맨 뒤 좌석에 나란히 앉았다. 말없이 바깥 풍경만 바라보던 그녀가 가방에서 이어폰을 꺼내 스마트폰에 연결했다. 이어폰을 손에 쥐고 잠시 망설이더니 한쪽 이어폰을 내게 건넸고, 나는 하얀 색 매끈한 이어폰을 물끄러미 바라보다가 그것을 받아 오른쪽 귀에 꽂았다. 그녀가 재생 버튼을 누르자 이어폰에서 흘러나오는 노래는 역시 10월에 새롭게 발매된 윤종신이었다. 제목도 알지 못하는 애절한 그 이별 노래를 우리는 버스에서 내릴 때까지 말도 없이 계속해서 듣고, 또 들었다. 나중에 알게 된 그 노래의 제목은 「이별을 앞두고」였다.

그녀가 바다에 함께 가자고 한 이유가 우리의 관계를 다시 회복시키고 지속시킬 어떤 계기를 만들기 위한 거였다고는 생각하지 않았다. 누구도 말하진 않았지만 우리는 분명 알고 있었다. 어떻게 해도 우리의 관계가 예전으로 돌아갈 수 없다는 사실을. 그런데도 그녀가 왜 그런 제안을 했는지는 알 수 없었고, 이유를 알 수 없기에 그녀의 제안은 피부 아래에 박힌 작은 가시처럼 계속해서 신경이 쓰였다.

그녀의 의도는 어쩌면 파도가 조용히 밀려오는 바다를 함께 바라보며 서로의 감정을 보다 차분하게 가라앉히려고 했던 건 아니었을지 추측만 할 뿐이었다. 마음이 복잡하거나 우울할 때면 가만히 바다를 바라보며 위로를 받았다던 그녀였으니까. 만약 추측이 맞는다면 그녀는 우리의 마지막 순간에 그러한 감정을 나도 함께 느끼기를, 그래서 부디 차갑지 않은 마음으로 서로에게 어떤 상처도 주지 않고서 그저 무던하게 이별할 수 있기를 바란 것일지도 몰랐다. 그녀 자신을 위해서, 그리고 나를 위해서.

    그녀의 의도가 무엇이었는지는 결국 알 수 없었다. 광화문에서의 만남 이후 다음 날 저녁, 나는 서투른 문장으로 이별을 알리는 메시지를 그녀에게 보냈다. 이 방식이 상대방에게 너무 가혹하다는 걸, 너무 이기적이고 무례하다는 걸 모르지 않았지만 끝내 그렇게 하고야 말았다.

    나는 도저히 바다를 바라보며 그녀가 말했던 감정을 느낄 수 없을 것 같았다. 망막한 수평선과 텅 빈 모래사장, 끝도 없이 밀려와 발밑에서 하얗게 부서지며 거품이 되어버리는 파도, 그리고 어쩌면 그녀와 나 사이에 가득할 메마른 정적. 그 풍경은 오히려 나의 마음을 불편하고 황량하게, 그리고 미안하게 만들 것 같았다. 그러한 마음으로는 도저히 그녀가 바라는 이별의 장면을 함께 할 수 없을 것 같았다. 그래서 나는 그녀의 제안을, 어쩌면 그녀의 마지막 배려이자 부탁을 비겁하게 외면해 버렸다.

    밤이 지나고 어둡던 하늘이 멀리서부터 서서히 푸른 회색빛으로 밝아오기 시작할 무렵에야 그녀에게서 답장이 왔다. 담담하게 이별을 받아들이는, 별다른 감정이 담기지 않은 간결한 메시지였다. 하지만 그 메시지를 보내기 위해 분명 밤새도록 수없이 쓰고 지우기를 반복하며 북받치는 감정을 꾹꾹 눌렀을 그녀가 눈앞에 선명하게 떠올랐다.

그녀와 함께했던 10개월의 시간은 그렇게 끝이 났다. 조금은 즉흥적이었던 시작만큼 우리의 마지막도 마치 읽던 책이 지루해 중간에 덮어버리듯 간단하게 마무리되었다.

며칠 후, 현식과 사무실 근처 소공원에서 담배를 피우다 그녀와 헤어졌다는 사실을 말했다. 그는 그녀와 사귀기 시작한 사실을 말했을 때도 그랬던 것처럼 딱히 놀라지도 않고 천천히 연기를 내뿜으며 그저 감정 없는 목소리로 짧게 물었다.

"왜요?"

"글쎄……"

나는 바로 대답할 수 없었다. 애정이 식어서. 성격 차이 때문에. 서로 힘들게 해서. 어쩌면 평범하고 흔하디흔한 이별의 이유가 질문에 대한 충분한 답이 될 수 있을지도 몰랐다. 하지만 그렇게 대답하지 못한 건 어떤 특별한 이유가 있어서 우리가 이별한 건 아니라는 생각이 들어서였다. 나는 어떤 다른 이유보다 그저 시간이 흘렀기 때문에 헤어졌다는 생각이 들었다. 시작할 때부터 이미 끝은 정해진 상태였고, 수많은 낮과 밤을 보내고 계절이 바뀌면서 우리는 단지 그 끝에 도달했던 것뿐이었다. 그건 심지에 불을 붙인 양초가 한정된 시간 동안 빛과 열을 발산한 뒤 형체도 없이 사라지는 것과 다르지 않았다. 우리가 함께 켠 작지만 따스했던 불빛은 시간이 흘러 점점 희미해졌고 마침내 어둠 속으로 조용히 사그라졌을 뿐이다.

나는 피우던 담배를 쓰레기통에 버리고 짧게 한숨을 내뱉으며 점퍼 주머니에 두 손을 넣었다. 고개를 올려 바라본 하늘에는 솜털 같은 구름이 바람의 방향을 알려주며 얇게 펼쳐져 있었다. 햇살은 고층빌딩의 커튼월에 반사되어 눈부시게 반짝였고, 그 아래로 울긋불긋 고운 단풍이 든 공원의 나무들이 눈에 들어왔다.

앙상한 나뭇가지마다 차갑고 메마른 바람만이 스쳤던 지난겨울에 나는 그녀를 만났고, 그녀와 사귀기 시작했다. 그때 나는 분명 설레기도 했고 두근거리기도 했다. 시간이 지나 가지마다 여린 잎이 돋아나고 녹음이 우거지기 시작했을 때 그녀를 향한 나의 마음도 언제까지나 푸른빛으로 가득하리라 생각했다. 하지만 어느새 나무의 초록은 사라졌고 나의 마음은 이제 더는 설레지도, 두근거리지도 않았다. 다시 한번 시간은 계속해서 흘러가고 모든 건 변한다는 사실을 깨닫게 된 순간, 설명하기 어려운 슬픔이 묵직한 무게감으로 다가왔다.

나는 아무 말 없이 담배만 피우고 있는 현식에게 작은 목소리로 말했다.

"특별한 이유란 게 있을까. 그냥, 시간이 흘렀고, 변하지 않는 건 없으니까."

*

그녀를 만났던 2013년은 이미 아득히 먼 시기가 되어버렸다. 당시 만 서른 살이 되었다고 슬퍼했던 나는 어느덧 마흔 살이 얼마 남지 않은 나이가 되어버렸고, 이제는 그때처럼 나이 드는 것을 슬퍼하지만은 않는다. 2013년 이후부터 매년 연말이 되면 난 그녀가 알려줬던 「벤자민 버튼의 시간은 거꾸로 간다」를 보면서 멈추지 않고 누구에게나 똑같은 시간의 흐름을 담담하게 받아들이려 한다.

그녀와 헤어진 후 다음 해부터 나는 피아노를 배우기 시작했다. 집 근처 성인 피아노 학원을 등록해서 취미처럼 배우기 시작한 게 지금까지도 계속 이어지고 있다. 처음 시작할 때만 해도 이렇게 오래 할 거란 생각은 결코 하지 못했다. 하지만 계속해서 하다 보니 나도 모르게 피아노 연주에 흥미를 갖게 되었다. 그리고 이제는, 비록 어설프지만, 바흐의 이탈리안 콘체르토와 슈베르트의 즉흥곡을 연주할 수 있는 나를 보며 도중에 그만두지 않고 꾸준하게 배운 스스로가 기특하다는 생각이 들기도 한다. 지금 생각해 보면 피아노는 당시 서른 살이 되면서 느꼈던 마음속 허전한 공백을 조금이나마 채워주는 무언가가 아니었나 싶다.

그녀와 처음 만났던 홍차 전문 카페는 이미 없어졌지만, 그때 처음 접했던 얼그레이와 레몬 파운드케이크의 맛은 지금도 기억할 수 있다. 여전히 커피를 더 좋아하고 더 자주 마시긴 하지만 가끔 특별한 이유 없이 홍차를 찾아서 마신다. 찻잔 속 얼그레이의 검붉은 빛깔을 가만히 바라보고 눈을 감고 그 향을 음미한다. 그리고 그럴 때마다 나도 모르게 빛바랜 미소를 희미하게 짓곤 한다.

윤종신은 지금도 「월간 윤종신」 프로젝트를 계속하고 있다. 짐작도 할 수 없지만 10년 가까운 세월 동안 매달 노래를 발표한다는 건 절대 쉬운 일은 아닐 것이다. 사실 그의 노래를 즐겨 듣지는 않지만 2013년에 발표되었던 노래들을 때때로 찾아 듣곤 한다. 그러면 자연스럽게 그녀와의 기억들이, 그녀와 함께했던 풍경들이 눈앞에 아스라이 떠오른다. 「거리에서」를 들으면 모처럼 쏟아지는 따스한 햇볕을 함께 맞이하던 2월의 마로니에 공원 벤치가 떠오르고, 「너에게 간다」를 들으면 푸른 조명을 받아 마치 사파이어처럼 빛나는 남산타워를 보며 그녀의 어깨를 감싸 안았던 5월 밤의 경리단길 풍경이 눈 앞에 펼쳐진다. 그리고 「이별을 앞두고」를 듣게 되면 연희동으로 향하는 10월의 721번 버스 맨 뒷자리가, 그 자리에서 왼쪽 귀에 이어폰을 꽂고 말없이 창밖을 보며 노래만 듣고 있던 그녀의 옆모습이 떠오른다.

그녀와 헤어진 후 지금까지 그녀를 그리워하거나 이별을 후회하지는 않았다. 단지 살아가면서 그녀가 알려줬던 무언가가, 그리고 그녀와 함께했던 사소한 기억 하나하나가 지금의 내 모습과 삶의 일부에 스며들어 있다는 사실을 문득문득 깨닫는 순간이 있을 뿐이다.

그때마다 나는 어쩔 수 없이 그녀를 떠올리게 되고 그녀가 궁금해진다. 지금도 자신만의 고집스러운 취향을 지키고 있을지. 대화할 때면 왼쪽 귀를 살며시 내밀어 상대방의 말을 유심히 듣는 버릇은 그대로일지. 매달 새롭게 발표되는 윤종신의 노래를 연인과 함께 하나의 이어폰으로 같이 듣고 있을지. 피아노를 보며 아직도 자신의 어릴 적 선택을 후회하는지. 힘들고 외로운 순간에 바다를 바라보며 위안을 받고, 혹시 어쩌면 원하던 삶의 모습대로 바닷가 앞 작은 가게를 운영하며 느리고 조용하게 살고 있을지. 그리고 무엇보다 그녀도 나처럼 윤종신의 노래를 들으면 2013년의 풍경들을 떠올리는지가 궁금하다.

만약 그녀도 그렇다면 그 풍경이 아름답진 않더라도 희미하지는 않길 바란다. 나에게 그녀와 함께 머물렀던 1월부터 10월까지의 모든 풍경이 윤종신의 노래와 함께 아직도 선명하게 남아있듯이, 그녀도 윤종신이 담담하게 들려주는 우리의 풍경을 가만히 바라볼 수 있기를 바란다.

시간이 흘러 모든 게 변하지만, 부디 그 풍경만큼은 변하지 않기를 작게나마 희망해 본다.

작가의 말
변하는 것, 변하지 않는 것

두 번째 작품집을 준비하면서 깨닫게 된 사실이 하나 있는데, 그건 내가 지나간 시간이나 기억을 반추하는 이야기를, 또는 현실에 적응하지 못한 채 후회하고 방황하는 이야기를, 때로는 지나간 시간이나 기억을 반추하며 현실에 적응하지 못한 채 후회하고 방황하는 이야기를 빈번하게 쓴다는 사실이었다. 첫 작품집은 수록된 열두 편 중 거의 절반 정도가 그러했다. 이번 작품집은 작품별로 정도의 차이가 있긴 하지만 수록된 다섯 편 모두 시간과 계절의 흐름 속에서 (자의 혹은 타의에 의해) 변하는 것과 살아간다는 것의 의미, 그리고 그에 따른 인물의 감정 변화를 주요 소재로 하고 있다. 이러한 사실을 깨닫고 나니 혹시 내가 과거를 그리워하고 현재를 아쉬워하는 이야기 구조에 집착하고 있는 건 아닌지, 혹시 이게 내 창작의 한계는 아닌지 하는 걱정이 들기도 했다.

시간이 흘러도 변하지 않고 여전하다는 것과 시간의 흐름에 맞게 변한다는 것. 다른 말로 하면 같은 자리에 같은 모습으로 머무르는 것과 무언가로 변해 어딘가로 나아가는 것이라고 할 수도 있겠다. 생각해보면 지금까지 길지 않은 시간(혹은 매우 길었을지도 모를 시간)을 살아오면서 나는 서로 다른 두 모습 사이에서 끊임없이 방황하곤 했던 것 같다. 어떤 순간에는 나의 자리를 지키며 오랫동안 변치 않는 모습이기를 바란 적도 있고, 어떤 순간에는 어떻게든 변하고 나아가기 위해 매 순간을 치열하게 보낸 적도 있다.

반복된 방황의 기억들 하나하나는 나의 의지와 상관없이 내 안의 오래된 비밀 일기장에 수줍고 서투른 문장으로 한 줄 한 줄 기록되었다. 마주하기엔 두려웠던 그 문장들은 긴 시간 동안 마음속 깊은 곳에 숨겨두기만 했고, 글을 쓰기 시작하면서부터야 살며시 꺼내어 펼쳐볼 수 있었다. 연민과 아쉬움, 후회의 기억으로 어지럽게 점철된 문장들을 마주하니 어느 순간 그들이 나에게 무언가 말하고 있다는 것을 알게 되었다. 나는 나지막한 그 음성에 조금 더 세심하게 귀를 기울였고, 어느새 나도 무언가를 말해주고 싶다는 충동을 느꼈다.

그렇게 내 안의 비밀 일기장 속 오래된 기억과 조심스럽게 나누었던 대화에서부터 나의 소설은 시작되었다. 결국, 여기 실린 소설은 흘러가는 시간 속, 머무름과 나아감 사이에서 방황했던 기억에게 보내는 나의 애틋한 연서戀書이자 부끄러운 회고록이다.

「여름의 한가운데」 속 두 인물은 시간의 흐름 속에서 부단하게 자신들이 나아갈 방향을 찾으려 한다. 그들은 무더운 여름을 통과하며 끊임없이 어디론가 나아가고 있는 듯 보이지만, 마음의 조각 일부는 아련하게 남아있는 어느 오래된 여름의 풍경에 지금도 머무르고 있는지 모른다. 내가, 그리고 어쩌면 당신도 그렇듯.

「수면 아래에서」의 수겸은 현재에서 방향을 잃고 미래가 오는 게 두렵기만 하다. 민호는 되돌릴 수 없는 과거의 어느 한순간에 침잠한 채 하루하루를 살아간다. 그들 모두 나에겐 애틋하고, 애처롭다.

「월간 윤종신」은 겨울에 시작되어 다시 겨울이 오기 전에 이별하는 연인의 이야기를 통해 시간이 흐르고 계절이 바뀌는 동안 무언가는 변하고, 무언가는 여전히 꾸준한 것의 의미가 무엇인지 생각하게 한다. 그리고 모든 게 변한다고는 하지만 부디 기억 속 어떤 풍경만은 변하지 않기를 간절히 바라게 한다.

세 편의 소설과 분위기나 형식은 조금 다르지만 「멋진 하루」와 「파주 가는 길」의 인물도 과거의 기억을 안고 현재의 삶을 고민하며, 앞으로 나아갈 방향을 찾기 위해 노력한다. 작가로서 그들의 삶에 공감하고 응원의 마음을 보내며 이야기를 써 나갔던 게 기억난다.

여전한 것과 변하는 것. 머무르는 것과 나아가는 것. 서로 조화롭다면 가장 좋겠지만, 앞서 말했듯 나는 둘 사이를 방황했고 보통은 모두 실패하곤 했다. 아마도 나는 앞으로도 계속 방황할 것이고, 어쩌면 계속해서 둘 다 실패할지 모른다. 하지만 그 방황과 실패의 기억이 내 소설의 출발점이 되어준다면, 그리고 이를 통해 독자들을 만날 수 있게 된다면 나는 앞으로도 얼마든지 더 방황하고 실패할 것이다. 나에겐 충분히 그럴만한 가치가 있는 방황과 실패이다.

2021년 1월, 첫 책을 출간하면서 막연하게나마 앞으로도 계속해서 소설을 쓰고 책을 만들 수 있으면 좋겠다는 작은 소망을 품었다. 머리털 나고 처음 해본 글을 쓰는 일과 책을 만드는 일은 스스로 놀랄 정도로 어떤 일보다 즐거웠고 재밌었다. 그리고 1년이라는 시간이 지나 두 번째 책이 나오게 되었다. 즐겁고 좋아하는 일을 하면서 소망이 실현된 거니 분명 더없이 기쁘고 행복한 순간이다.

하지만 두 번째 책을 준비하는 과정에서 머뭇거리고 망설였던 순간이 있던 게 사실이다. 스스로 자신을 믿지 못했고, 호기롭게 낸 첫 책이 한없이 부끄러워지기도 했다. 작가라는 호칭은 도무지 익숙해지지 못하고 민망하게만 느껴졌다.

그럼에도 불구하고 계속해서 글을 쓰고 이렇게 두 번째 책을 완성할 수 있었던 건 서투른 나의 이야기를 진심으로 아껴주시고 응원해주신 분들이 계셨기 때문이다. 비록 소수일지라도 그분들 덕분에 도중에 무너지지 않고 1년이라는 시간 동안 글을 쓰는 사람으로서, 그리고 책을 만드는 사람으로서 버틸 수 있었다. 온 마음을 다해, 진심으로 그분들에게 감사드린다.

세밑에 이르러 앞으로 다가올 새로운 날들을 생각해본다. 그 순간들이 과연 어떠할지 조금이라도 미리 알 수 있으면 좋겠지만, 어리석고 부족한 나로서는 도저히 짐작조차 할 수 없다. 「여름의 한가운데」 속 두 인물의 대화처럼 어쩌면 알 수 있는 건 아무것도 없고, 나는 그저 21세기의 하루하루를 살아갈 뿐인지도 모른다. 그렇다면 부디 그 하루하루가 지금처럼 글을 쓰고, 독자들을 만나고, 계속해서 책을 만들 수 있는 시간이길 조심스럽게 바라본다.

2021년의 끝자락에서
주얼 드림

여름의 한가운데
주얼 2022

초 판 1쇄 펴낸날 | 2022년 1월
개정판 1쇄 펴낸날 | 2024년 2월

지은이 | 주얼
편　집 | 주얼
디자인 | 주얼
제　작 | 주얼

펴낸곳 | 이스트엔드
펴낸이 | 주얼
이메일 | eastend_jueol@naver.com
S N S | @eastend_jueol

ISBN | 979-11-977460-4-8-03810

이 책의 판권은 지은이와 이스트엔드에 있습니다.
이 책 내용의 전부 또는 일부를 재사용하려면 반드시 양측의 서면동의를 받아야 합니다.